100세 철학자의 사랑수업

100세 철학자의 사랑수업

김형석

열림원

밀알이 썩어야 다시 풍요롭게 태어나듯
주어진 삶을 다 바치고 싶은 무엇인가를
사랑해야만 한다.

산다는 것은 사랑한다는 것이다

철학자 괴테는 죽을 때까지 자신이 늙었다는 생각을 전혀 하지 않았던 것 같다. 칠순을 맞으면서도 정열에 찬 사랑의 시를 쓸 수 있을 정도로 꿈과 낭만을 지니고 살았다.

괴테와 같이 가능하다면 모든 인습과 전통의 옷을 벗어버리고 죽는 순간까지 사랑의 시로 가득한 젊음을 안고 살아가야 한다. 내세를 믿는 사람은 죽음을 새로운 탄생으로 맞이한다는 말이 있다. 영원을 산다는 것은 젊음을 산다는 뜻이다.

소크라테스는 죽음을 피해 아테네를 탈출할 수도 있었다. 그러나 자진해서 죽음의 독배를 기울였다. 죽음보다 더 귀한 삶의 의미와 가치를 위해서였다. 예수는 사형의 십자가를 예견하고 있었다. 그런데 죽음을 향해 가는 발걸음은 다른 때보다 더 빨랐다. 제자들이 놀랄 정도였다고 기록돼 있다. 빨리 가서 삶의 완결을 성취해야 한다는 절박감 같은 것을 안고 있었을 것이다. 마치 죽음이 목표와 목적인 것 같은 인상을 주기도 한다.

그러나 죽음 자체가 목표가 아니다. 죽음을 통해 완성해야 하는 인간에 대한 사랑의 의미와 가치였던 것이다. 목적이 있어 죽음을 택했다고 봐야 한다. 죽음은 더 높은 사랑의 목적을 위한 하나의 과정이었던 것이다.

그렇다. 자기 목숨이나 삶보다도 더 소중하고 영원한 것이 있다면 죽음은 기꺼이 맞이하고 보내야 하는 하나의 과정에 지나지 않을 것이다. 썩어서 열매를 맺는 밀알의 교훈이 바로 그런 것이다. 썩지 않으면 한 알의 밀로 남아 있다가 그냥 사라지고 만다. 그러나 썩어서 수많은 밀알로 다시 태어나는 것이다.

죽음의 의미도 그렇다. 그 뜻을 깨닫는다면 우리는 주어진 삶을 다 바치고 싶은 무엇인가를 사랑해야만 한다. 그것만이 죽음을 극복하는 참되고 영원한 삶의 길이다. 그런 사랑에 이르는 죽음의 뜻은 유언으로 남겨지기도 한다. 요한 바오로 2세는 "나는 행복했습니다. 여러분도 행복하십시오."라는 기원을 남겼다. 예수는 "다 이루었다."는 감사의 사랑을 우리에게 영원히 전해주었다. 지극한 인간애, 인간에 대한 사랑을 목적으로 살았던 사람들의 대표적인 고백이다.

인생이란 이렇게 서로 사랑을 나누는 동안에 행복과 보람을 같이 하는 것이다. 우리는 많은 사람의 사랑을 받고 살기 때문에 사랑이 무엇인지 깨닫는 과정을 통해 내가 그들을 위하고 사랑하면서 소중한 인생의 가치와 희망을 찾게 된다.

인생이란 무엇인가. 사랑의 나무와 숲을 키워가는 것이다. 사랑을 받으며 자라는 시절을 보낸 후에는 사랑을 나누어 갖는 긴 세월을 살게 되고, 더 많은 사랑을 베풀 수 있기를 염원하게 된다.

100년은 긴 세월이었다. 그러기에 풍부한 사랑을 나눌 수 있었다. 때로는 그 사랑이 무거운 짐이기도 했으나 더 넘치는 사랑이 있었기에 행복했다. 나는 그렇게 사랑을 했다. 여러분도 사랑하며 살아가길 바란다.

2024년 9월

김형석

차례

1부_____ 사랑, 나 자신을 담백하게 꺼내놓는 일

2부_____ 인간으로서 더 좋은 장르를 개척하는 길

1

사랑, 나 자신을
담백하게
꺼내놓는 일

"내 인격만큼 사랑의 행복이 있다."

살다 보니 철학자들의 생각이 옳았다는 것을
깨닫게 된다.

나 때문에 행복해지는 사람이 얼마나 있는지가
행복의 기준이 되어야 한다.

괴테와 아리스토텔레스가 전한 사랑

세계적인 철학자 그리스의 아리스토텔레스는 인류 역사상 처음으로 윤리학을 논한 철학자였다. 아리스토텔레스는 그의 윤리학을 설명하면서 "다른 모든 것은 원하는 사람도 있고 원하지 않는 사람도 있으나, 행복만큼은 다르다. 누구나 행복을 원한다."라고 설명했다. 인간의 윤리학은 그렇게 시작된다. 그래서 우리는 질문하게 된다.

"우리의 긴 인생과 행복은 과연 어떤 관계가 있는 것일까?"

내가 지난 백 년간 살아온 단계를 쭉 살펴보면, 젊었을 때는 역시 즐겁게 사는 것이 행복이다. 젊은 사람들은 서른 정도까지는 인생을 즐겁게 바라봄으로써 행복하게 살 수 있다고 나는 조언한다. 즐기면서 사는 그 자체가 행복이다.

서른에서 예순 살쯤까지 직업을 가지고 생활하다 보면 행복은 선의의 경쟁을 통한 성공으로부터 찾아온다. 인생의 장년기가 되면 동전의 이쪽은 성공이고 저쪽은 행복이 된다. 그렇게 사는 것이 인생의 중간 단계인 것이다.

그러고 나서 나같이 정년퇴직하고도 사회생활을 쭉 이어가는 사람은 무엇을 행복이라고 느끼겠는가. 바로 '나 때문에 행복해지는 사람이 얼마나 있는가.'에 있다. 나 때문에 고맙게 생각하는 사람이 얼마나 있는가. 행복을 내가 주고 있는지를 질문하게 된다. 늙으면 욕심이 없어지기 때문인지도 모른다.

행복을 어디에서 느끼겠는가? 보람에서 느끼는 것이다. 즐거움에서 시작되는 인생은 성공의 단계를 지나 보람으로 마무리하는 것이다. 이것이 진정한 의미의 행복이다.

아리스토텔레스의 윤리학의 마지막 결론은 '인격이 최고의 행복이다.'라는 것이다.

그렇다. 인격이 최고의 행복이다.

미국의 캐서린 콕스라는 심리학자가 연구실 제자들과 탐구하여 인류 역사상 가장 머리가 좋은 사람들 즉, 아이큐IQ가 가장 높은 천재들이 누구인지 분석해 발표한 일이 있었다. 첫째로 뽑힌 천재가 독일의 시인 괴테였다. 사람들은 의아하게 생각했다. 우리는 그를 그냥 시인, 대문호 정도로만 알고 있었는데 그는 문학뿐만 아니라 다양한 분야에서 천재적인 재능을 가지고 있었던 것이다. 괴테의 제자이자 비서였던 요한 페터 에커만이 훗날 〈괴테와의 대화〉라는 책을 남겼는데, 그 책을 보면 괴테와 대화를 나누다가 시간이 늦어져 비서가 집에 돌아가려고 하자 괴테가 이렇게 말을 한다.

"오늘 나와 좀 더 같이 있으면 어떨까?"

"왜 그러시나요?"

"오늘 지진이 날 것 같아. 혹시 지진이 날 기미가 있을지 기다리고 있는데 같이 있어보자."

그날 지진이 나지 않았다. 다음 날 비서가 괴테에게 갔더니 괴테가 이렇게 말했다.

"내가 착각을 했어. 지진이 다른 지역에서 났더라고."

시인인데 그만큼 영적이면서도 과학적인 매우 독특한 사람이었던 것이다. 그렇게 독창적인 영혼의 세계를 통해 과학적으로 세상을 바라보았던 대문호 괴테가 자기 인생을 쭉 살아보고서 이렇게 말했다.

"인격이 최고의 행복이다. 사람은 자기 인격만큼 사랑을 누린다. 인격 이상을 누릴 수는 없다. 누구나 자신의 인격만큼 누린다."

그런데 인격은 혼자서 생겨나는 것이 아니다. 인간관계를 통해서 생기는 것이다. 인간관계의 사랑을 통해서 인격이 완성된다. 선하고 아름다운 인간관계를 가지는 사람의 사랑의 인격을 높일 수 있다. 그런 인격을 가지고 사는 사람은 보통의 사람이 느끼지 못하는 행복을 누리는 것이다. 나도 마찬가지였다. 어렴풋이 살아보았지만, 결국은 그렇게 사는 것이 가장 높은 위치의 인간 사랑을 완성시킨다. 그러니까 나에게 행복에 대해 물어보면 나는 이렇게 답한다.

"내 인격만큼 사랑의 행복이 있다."

인격이 낮은 사람은 그것밖에는 없다. 돈 버는 것이 행복의 전부라고 생각하는 사람은 그만큼밖에 없는 것이다. 권력을 위해서 사는 사람들은 그 권력을 가지고 있는 것밖에는 행복이 없다. 그러므로 인간관계를 선하고 아름답게 가지는 사람만이 행복을 함께 나누어 가지고 사는 것이다.

살다 보니 아리스토텔레스와 괴테와 같은 철학자들의 생각이 옳았다는 것을 간단하게 깨닫게 된다. 나는 거기에 완전히 미치지는 못했지만, 내 선함이 아름다움으로 변하는 것이 인간이라는 진실은 알게 되었다.

사랑하는 안병욱 교수, 김태길 교수와 90세 전후까지 많은 것을 함께 나누다가 친구들을 떠나보낸 것도 그러했다. 오래 사는 것은 축복받은 일이지만, 오래 살았기 때문에 내가 사랑하는 사람들이 떠나는 모습을 당연히 지켜볼 수밖에 없었다.

나는 초등학교 때 절친한 두 친구가 있었다. 우정을 생각하면 눈물겹지만 초등학교 시절의 친구는 평생을 함께하기 어려운 상황에 놓이게 됐다. 해방 후 만나고 나니 우리 세 친구들 중 둘은 북에서 공산주의자로 활동하고, 나는 신앙생활을 버릴 수 없어 38선을 넘어서 서울로 왔던 것이다. 방향도 다르고 가치관도 달라졌다. 어린 시절의 친구들은 정치적으로 국가와 민족을 위해 건너갈 수 없는 강의 이쪽과 저쪽을 향해 그렇게 떠나갔고, 아름다운 감정과 인상만을 남겼다.

연세대학교에서 수십 년 재직하면서도 어린 시절의 친구들만큼 가까운 친구는 생기지 않고 있다가 마흔이 넘어서 두 친구가 생겼는데, 그 한 사람이 안병욱 교수이고 한 사람은 김태길 교수였다. 같은 철학과 교수였고 신기하게도 동갑내기였다. 같은 분야에서 일하는 우리 셋은 만나게 되면 민족과 국가의 장래에 대해 주로 이야기했다. 대한민국의 민주화를 위해서 어떤 가치관이 필요할지를 걱정하면서 살았다. 40대에 시작해서 90세가 될 때까지 50년 동안 친구로 그렇게 살았다.

인생을 가만히 보게 되면, 그 두 친구와 50여 년을 함께했기 때문에 내 인생이 있었다는 점을 발견하게 된다. 우리 세 친구들의 삶은 다른 사람들과의 관계와 어떤 차이가 있었는가. 이기심이 배제된 선의의 경쟁 관계였을 것이다.

최근 젊은 세대들의 인생은 무한 경쟁에 놓여 있다. 철들어서부터 죽을 때까지 인생은 경쟁하는 것으로 여겨진다. 사실 그래야 성장할 수도 있고 성공할 수도 있고 행복할 수도 있으니까 무한 경쟁에 놓이는 것이다. 그 무한 경쟁의 가운데에서 실패하는 사람들도 있다. 우정을 가지지 못하는 사람들이다. 이기적 경쟁을 경쟁의 전부라고 생각하는 사람들이다. 그러니까 나를 위해서, 모든 것이 나의 표준으로만 사는 경쟁. 예를 들어, 저 사람이 실패해야 내가 성공한다든지, 이 사람이 떨어져야 내가 올라간다든지, 심지어는 내가 저 사람을 낮춰야 올라간다든지, 이런 이기적인 경쟁을 하는 사람들이다. 이 사람들은 소유를 목적으로 사는 사람들이다. 그런 사람들은 세월이 지나갈수록 자기도 불행해지고 사회도 고통에 빠뜨리게 된다.

그런 이기주의자들은 만나지 않아도 된다. 그런 이기주의자라는 판단이 확실하게 선다면 안 만나는 것이 좋다. 왜냐하면 내게 고통을 주기 때문이다. 그런 사람을 내 힘으로는 바꿀 수 없다. 이기주의자는 가정도 유지하기 어렵다. 부부이면 헤어지는 경우가 많고, 형제간에도 싸우는 경우가 많다. 좋은 부모 밑에서 자랄 때는 잘했다가도 부모가 세상을 떠나면 재산 때문에 다투기도 한다. 그게 바로 이기적인 분열이다.

'100년의 지혜'라고 이름을 붙여보자. 그 100년의 지혜를 바라보자면 이기주의자는 경쟁에서 마지막에 패배하고 사회악을 만드는 사람들이다.

이기적인 경쟁에서는 어떻게 해야 하는가? 흔히 우리가 말하는 선의의 경쟁과 비교해보면 쉽다. 국회의원들이 자기 이익만을 위해서, 정권 유지만을 위해서 국회가 움직이게 하는 것을 보면 이기적인 경쟁밖에 모르는 사람들이라는 생각을 하게 된다. 지도자라고 하는 사람들

역시 깊이 들여다보면 이기적인 경쟁만을 하기 때문에 종래에 가서는 실패하고 사회에는 혜택을 주지 못하는 이들이 많다. 오히려 그럴 바에는 국회의원들이나 정치적 지도자들보다는 국제적으로 나아가는 축구선수들, 야구선수들이야말로 선의의 경쟁을 아는 사람들이라는 생각이 든다. 내가 축구선수로 나가서 졌다 해도 이긴 팀을 향해 박수를 보내고, 내가 만약에 이겼다 해도 다음번에는 더 좋은 다른 경쟁자가 부상할 테니 내가 노력해서 이 우승을 유지해야겠다는 정신이 선의의 경쟁이다. 그 선의의 경쟁을 가지는 사람은 인간관계를 행복하게 만든다. 도움을 주게 된다.

많은 사람들이 거기까지는 간다. 정신적인 모임이라든지, 학회라든지, 예술대회라든지 참여하고 대부분 욕심이 없으므로 선의의 경쟁까지 나아간다.

그런데 나와 내 친구들, 이렇게 세 사람이 오래 살다 보니까 그 우정이 깊어지고 깊어져서 60세쯤을 넘어가니 선의의 경쟁이라는 말조차도 거의 쓰지 않게 됐다. 70세쯤 되니까 선의의 경쟁보다도 한 걸음 더 올라가서,

사랑이 있는 경쟁에 이르게 된 것이다.

예를 들면 이런 것이다.

'내가 볼 때 김태길 선생이 나보다 오래 살아서 학문적인 업적을 더 남겨줬으면 좋겠다.'

'안병욱 선생은 많은 제자들을 가지고 있으니 그 제자들을 위해서 자기가 더 많은 일을 해줬으면 좋겠다.'

그 두 사람이 나보다 못했으면 좋겠다는 바람이 아닌, 내가 더 올라갔으면 좋겠다는 생각이 아닌, 나는 내 나름대로의 세계를 성장하되 저분들이 나보다 더 훌륭하게 나라를 위해서 일했으면 좋겠다는 생각인 것이다.

안병욱 선생이 세상 떠나기 얼마 전에 내게 전화를 걸어왔다.

"김태길 선생이 먼저 가셨고 우리 둘이 남았는데, 요새 이런저런 생각을 많이 해봅니다. 아무리 봐도 김형석 선생 혼자 남을 것 같은데 말이죠. 그런데 김태길 선생이 우리한테 한 얘기가 뭔지 알아요? 제일 힘들고 어려운 때가 언제였냐는 것입니다. 사랑하는 사람을 먼저 보내고 남는 때, 그때가 제일 힘들더라. 그러니까 우리 셋이 이렇게 살다가 순서대로 갈 텐데, 마지막 남는 사람을 위해서 서로 만나고 우정을 가지는 건 다 그만두자. 자기 일 다 마치는 대로 따로따로 떠나가자. 그런 얘기였어요."

그 두 벗들과 나는 그 정도 수준의 사랑을 나눴다. 그렇게 최고 수준의 우정을 가지고 사는 걸 경험하고 나니 인간에게 우정이라는 게 그토록 귀하고 행복한 것임을 알게 된 것이다.

우리들은 모두 아들딸들이 나보다 더 잘되길 원한다. 제자들이 나보다 더 잘되길 원한다. 그건 비교의 개념으로 보자면 일종의 사랑이 있는 경쟁인 것이다. 이 정도 사랑의 배후에는 이기심이 완전히 배제된 선의만 남는다.

인생은 경쟁이지만 절대로 이기적인 경쟁은 하지 말아야 한다. 자기 자신도 불행해지고 사회악을 남기고, 선의의 경쟁 안에서 사회가 성장할 기회도 상실하게 된다. 내가 좀 양보하더라도, 내가 좀 더 뒤에 서더라도, 앞선 사람을 밀어줄 줄 아는 인생을 살아봐야 한다. 그런 가

치관, 그런 인간관계, 그런 배려를 배경으로 두는 것이
바로 사랑이다.

시인과 소설가의 사과나무

105세까지 살아보니 열심히 살아야 하는 이유는 분명했다. 모든 인생은 하나도 가지지 못한 채로 떠난다. 그런데도 왜 굳이 그 인생을 열심히 살아야 할까.

수준 높은 우정을 갖지 못한 학생들을 만나보면 감정이 이기적인 상태라는 것을 금세 느끼게 된다. 그런 학생들은 "우리끼리 즐겁게 살아야 하는데 왜 고통이 오나요?"라고 묻는다. 왜 어려움이 오느냐고 질문하면서 생의 고통이 없었으면 좋겠다고 말한다.

어렵게 살고 싶지 않으니 결혼하지 않으려고 하고, 결

혼하면 부부가 편히 살아야 하니 출산하지 않으려고 하고, 자녀를 낳아서 고생하고 키우는 부모들을 보며, 특히 건강이 좋지 못한 아이를 키우며 극심히 고생하는 부모들을 보면서 '왜 저렇게 고생을 사서 하나? 나는 저런 고생하지 말아야지.'라는 생각부터 한다. 나이 들어서도 마찬가지이다. 온갖 어려운 과제를 주는 난제 앞에서, 나만 편안하면 그만이지 타인의 고통스러움을 마음 아프게 생각하려고 하지 않는다. 감정적인 이기심으로 내 즐거움과 편안함만 가지면 그만이라고 생각한다.

인생을 크게 바라보면 우리 인간은 사과나무를 키우는 것이다. 사과나무는 자라난다. 사과나무가 자라는 목적은 무엇인가? 뿌리를 튼튼히 해서 나무가 자라고 열매를 맺어서 죽어가게 돼 있는 것이 완성이다. 그걸 안 하겠다고 마음먹고 그냥 그 자리에만 머무른 채 아무 열매도 없게 된다면, 사회적으로 보면 그 사람은 존재의 이유를 갖지 못한다. 스스로를 공동체로부터 버리는 선택을 하는 것이다.

애국심을 상실한 사람은 국가에서 버림받고, 애교심

을 상실한 사람은 학교에서 버림받고, 친구를 상실한 사람은 외톨이가 되어 고독하게 되고, 결국 자기 자신을 잃게 된다. 자기를 상실하고 있다는 것을 모르게 된다.

다시 묻는다. 왜 열심히 살아야 하는가. 그것이 한 인간으로 태어나서 인간답게 살고 싶다는 자기완성이기 때문이다. 내가 나를 완성시키는 것이기 때문이다. 동물은 클 때까지 커야 하고, 식물도 자라나야 하듯, 인간은 인간다운 삶을 살아야 한다는 당연한 진실을 소중히 여겨야 한다.

젊은 세대들을 바라보면서 떠올린다. 한때 예전에 〈사상계〉라는 월간지가 있어 지성인들도 대학생들도 많이 애독했다. 그 〈사상계〉 발간의 한가운데에 안병욱 교수가 있었다. 열심히 살고자 하는 우리 젊은이들과 대학생들을 위해서 좋은 스승들과 지도자들의 강연 같은 것을 들려줄 수는 없을지 끊임없이 질문했다. 중국에서도 많은 사람들이 존경하는 학자 한 분을 모시고 와 강연을 들었던 기억이 생생하다. 젊은이들이 강당에 모여들었다. 현재의 광화문 세종문화회관 근방에서 마이크로 방송하고 길가에 서서 방송도 듣고 그러던 시절이었다. 나는 집에서 방송을 듣고 있었는데, 그분의 아주 재밌는 이야기가 기억에 남는다.

"성장한 나라, 부자로 잘사는 나라. 그곳의 젊은이들은 장관의 아들딸이나 사장의 아들딸같이 자라나기 때문에 부모보다 더 올라갈 높은 곳이 없다. 그 아들딸들은 좋은 부모를 가지므로 마냥 행복할 것 같지만 그들은 내려와야 할 길은 있어도 올라갈 길이 없다. 한국이나 중국의 가난한 가정에 사는 여러분들은 더 내려갈 곳이 없으니 올라갈 일만 남아 있다. 누가 더 행복한가. 올라갈 가능성이 있는 사람은 행복하고, 내려갈 길밖에 없는 사람은 불행해진다. 어렵다고만 생각하지 말고, 가난하다고만 생각하지 말고, 다른 사람을 부러워하지 말고, 행복의 길은 우리에게 한없이 높다는 것을 잊지 말자. 희망을 잃지 말고 자기 길 끝까지 가는 사람이 되자."

그분 이야기가 결국은 옳았다. 인생은 성장하는 동안 어려움이 있지만, 극복하는 것이 행복이다. 사회적으로 보면 작은 생각을 조금만 바꾸면 개념이 달라지는 때가 있다. 지방의 한 외국어고등학교 학생들에게 해마다 찾아가면 학생들이 나를 반갑게 맞아준다. 내가 그 학생들에게 말했다.

"우리 교육 제도가 분명히 잘못돼 있기 때문에 너희 학생들이 고통을 많이 겪는다. 그러나 잘못된 교육 제도가 있다고 해도 너희들이 갈 길은 있다. 내가 만약 체육 선생인데 너희들 100명이 있다고 하면, 체육을 배우는 너희들에게 체육의 기초가 되는 것을 100m 경기로 삼아 오늘부터 시작해 한 달간 100m 경기를 열심히 뛰게 하고, 한 달 후 경기해보도록 가르치면 너희들은 100m 경기를 한 달 열심히 연습하고 운동장에서 경기하며 보람을 느끼게 될 것이다. 그런데 거기에는 1등, 2등, 3등만 남고 똑같이 고생한 97명은 보람을 느끼지 못하는 결과가 남는 것이 현재까지의 우리 교육 제도이다. 그러나 미국이나 유럽의 선진화된 교육에서는 그렇게 가르치지 않는다. 선생인 나는 100m 경기가 좋아서 뛰었지만, 너희는 너희 체질에 맞고, 하고 싶은 경기를 무엇이든 선택하게 하는 것이다. 야구를 해도 좋고, 마라톤을 해도 좋고, 수영을 해도 좋으니 뭐든지 해라. 그래서 100사람이 100가지 경기를 하게 되면 1등이 몇 명 나오느냐? 100명 나온다. 그것이 서구의 선진 교육이다."

사과나무를 사랑으로 가꾸는 방법을 묻는 학생들에게 나는 내 중고등학교의 세 명의 벗을 꼭 이야기해준다. 윤동주 시인, 황순원 소설가, 홍창의 의학박사이다.

윤동주는 그때도 시인이었다. 병아리 시인이었지만 이 다음에 큰 닭이 되어 세상을 울릴 문학가였다. 일찍 세상을 떠났지만 지금도 세상을 울리고 있다. 50세, 60세가 되어서도 계속 시를 썼을 것이다. 그는 자기 길을 이미 그때 찾았기 때문이다.

그다음 친구는 황순원 작가였다. 황순원 작가를 그때 가만히 보면 그는 이미 그때도 문학인이었다. 60, 70세 될 때까지도 소설을 통해서 인생의 예술 끝까지 갈 거라고 이미 확신할 수 있는 사람이었다. 역시나 문학관도 갖게 됐고, 역사에 남는 작품을 남긴 작가가 됐다.

그리고 마지막 친구는 내 1년쯤 후배였을 소아과학의 아버지로 일컬어지는 홍창의 의학박사이다. 그 친구는 중학생 때부터 "나는 이다음에 소아과 의사가 될 거야." 라고 말하고 다녔다. 의사가 된다는 친구는 많았지만 소아과 의사가 된다고 하면 사람들은 이상하게 생각했다. 의료시설 없는 환경에서 지금은 상상도 못할 만큼 많은 아기들이 죽던 시절이다. 그 죽어가는 아이들을 위해서 소아과 의사로 헌신해야겠다는 그의 생각은 서울대학교 의과대학 1회 졸업으로 시작해 서울대학병원장을 역임하기까지 위대한 한 세기의 성취를 이뤄냈다. 그래서 나는 젊은 학생들에게 말한다.

사과나무에 사랑의 열매가 완성될 때까지 다른 사람을 따라가지 말라. 가장 좋은 길은 네가 선택해서 가는 길이다. 그러면 네가 1등이 될 수 있다. 내가 살아보니 정말로 그렇다는 것을 알게 됐기 때문에 확실하게 말할 수 있는 것이다. 철학 공부하면 돈도 많이 못 벌고, 취직할 길도 요원하다고 사람들은 어린 내게 말하곤 했다. 그래도 내가 하고 싶어서 했더니 행복해졌다고 나는 대답한다.

젊은이들로 하여금 그가 원하는 인생의 100리 길을

마라톤 끝까지 가라고 나는 말하고 싶다. 그 사람이 선택한 길에서는 모든 것을 이겨낼 수 있다. 힘들다든지, 친구가 없다든지, 고독하다든지……. 어떤 어려움도 다 이기고 갈 수 있으니 네가 정한 그곳으로 가보라고 말해주어야 한다. 나는 특히 고등학교에 가서 학생들에게 강연할 때 반드시 그렇게 희망을 준다.

내가 오래 살아봤으니 그걸 체험했다고 학생들에게 말해줄 수 있기 때문이다. 우리는 후배들을 교육함에 있어 그와 같은 방향성 제시를 통해서만 진정한 어른이 될 수 있다. 방향성과 목적이 뚜렷한 사람은 그 외의 다른 문제들을 가지고 별로 고민하지 않는다. 대단하지 않은 것을 가지고 방황하지 않고 성공할 수 있다. 그것이 인생을 사랑으로 가꾸는 지혜이다.

간디의 꿈으로부터 소피아 대학까지

아주 오래전 일본 학교 합격이 발표되자 나는 진학과
더불어 앞으로 살아갈 방도를 세워야 했다. 방을 얻고
일자리도 찾아야 했다. 도쿄에서 누군가 내게 엄청나게
싸고 조용한 방이 있으니 어떻겠느냐는 얘기를 해왔다.
나카노 국철 역에서 멀지 않은 곳이었다. 아래층에서는
주인아주머니가 치과를 개업하고 있고, 위층의 네 방은
주로 한국 학생들에게 빌려주고 있었다.

2층 복도에 다다미 석 장이 깔린 작은 방이 비어 있었
다. 본래는 창고로 쓰고 있었으나 주인 할머니가 가난한

학생들을 위해 제공하기 시작했다고 했다. 내가 가기 전 먼저 있던 학생은 동북 지방으로 학교를 옮겼기 때문에 원하는 학생이 있으면 다시 빌려주겠다는 얘기였다.

동쪽으로 창문이 하나 있을 뿐, 한여름의 더위는 상상하고도 남을 정도였다. 다른 학생들이 미닫이문으로 된 방 앞 복도를 지나다니기 때문에 문도 열어놓을 수 없을 것이고 발자국 소리가 시끄럽기도 했다. 단 하나의 위로가 있다면 창밖에 가까이 서 있는 두 그루의 감나무가 변하는 계절을 알려주고 있을 뿐이었다.

주인 할머니는 나에게 말했다.

"여러 해 동안 많은 학생들에게 방을 제공해왔지만 이 방을 사용한 학생들이 언제나 깊이 정들고 또 모두 성공을 했답니다. 김 군도 확실히 그런 분이 될 것입니다."

창문을 열고 보니 전등의 빛을 받은 감나무 잎사귀들 속에 새봄이 스며들고 있었다. 나는 잠을 청했다. 도쿄에서 처음 구한 내 방에서는 잠드는 날이었다.

한없이 넓은 들판이 보였다. 중국의 남쪽 어떤 지방 같기도 했다. 헐벗고 굶주려 보이는 대중들이 수없이 많이 모여 있었다. 누군가를 기다리고 있는 것 같았다. 나도 그 대중 앞 강단 옆자리에 자리를 잡았다. 그 많은 군중들과 같이 누군가를 기다리고 있었다.

한참 뒤 한 노인이 그 연단 위에 나타났다. 언제나 사진에서 볼 수 있었던 간디 선생이다. 대중들은 큰 기대와 관심을 가지고 간디 선생의 얘기를 기다렸다.

간디 선생의 몇 마디 말씀이 끝났다. 그러고는 "나는 오늘 여러분에게 좋은 후계자 한 사람을 소개하려 합니다. 나는 이미 늙었고 나의 뒤를 이을 사람은 많지 않았습니다."라면서 강단 밑으로 내려섰다. 누가 그의 후계자일까? 대중들의 관심은 그가 택하는 누군가에게 쏠리고 있었다.

그런데 놀라운 일이 아닌가! 간디 선생은 그 많은 사람들 중에서 아직 어린 소년에 불과한 나를 찾아 손을 이끌고 강단으로 올라서려고 하는 것이다. 나는 공포에 가까운 심정으로 사양했다. 그러나 거절은 불가능했다.

간디 선생은 나를 강단 위에 세운 뒤, "여러분, 내가 알려드리는 내일의 후계자가 바로 이분입니다!"라고 선언

했다.

대중들로부터 함성과 박수가 터져 나오는 것 같았다. 나는 큰 놀라움 속에 눈을 떴다.

꿈이었던 것이다. 나는 한때 간디에 심취되어 있었다. 이런 꿈을 꾸었을 정도로 말이다. 일본에 머무는 동안은 간디같이 살아야 할 것 같기도 했다. 일본에서 학창 생활을 끝내고 집으로 돌아온 뒤에도 간디 선생의 꿈을 꾸었는데, 그 내용은 잘 기억이 나지 않는다.

1948년을 맞은 겨울, 그해에는 이상할 정도로 눈이 많이 내렸다. 서른을 넘겼던 첫 겨울, 가난과 피곤에 시달리던 어느 날의 아침이었다. 장독 위에 소복이 쌓인 흰 눈을 보고 있을 때였다.

'간디 선생 흉탄에 쓰러지다!'

보도가 전해졌다.

깊은 그리고 충격적인 생각에 붙잡힌 나는 지붕들로 가려진 좁다란 하늘을 쳐다보았다. 눈 내린 다음날의 하늘은 한없이 푸르기만 했다.

비극이었다. 그러나 값진 비극적 희생들이 역사를 이

어왔던 것이다.

그러고 나서 다시 18년의 세월이 흘렀다. 어느 날인가 나는 그 당시 교육부 부서였던 문교부로부터 중학교 2학년 국어교과서 간디에 대한 글을 집필해줄 것을 요청받았다. 처음에는 사양했다. 더 좋은 필자를 찾을 수 있겠다는 생각이었다. 그러나 후에는 승낙했다.

"수많은 학생들에게 간디 선생의 생애와 뜻을 알려주는 것이 얼마나 귀합니까?"

이 얘기를 듣고 결심한 일이었다.

내가 꿈에 간디 선생을 뵙고 그토록 간디의 영향을 받고 있었다면, 어린 학생들에게 그 뜻을 전해주는 것이 하나의 정성스러운 의무이자 사랑이었는지도 모른다.

소피아 대학(상지대학上智大学, 조치대학교) 입학년도 3월부터 고대해왔던 대학 생활이 시작되었다. 크지 않은 규모의 대학이었다. 당시의 전문부까지 합해야 약 700명 정도의 학생이었다. 학부 전 단계인 예과의 200명을 제외하면 학부 학생은 많아야 3, 400명 정도였을 것이다. 상지대학 캠퍼스는 도심지 한가운데 있으면서도 도회지의 번잡과 소란에서 떠나 있는 분위기가 있었다. 정문 앞 제방에는 노송들이 성숙한 자태를 드리우고 있었고 그 밑으로는 좁지 않은 호수가 맑게 펼쳐져 있었다. 호수 저쪽으로는 아카사카 별궁이 자리 잡고 있어 황실의 위엄을 드러내고 있었다.

대학 오른쪽으로는 오래된 귀족들의 저택들이 있어 조용하고도 고급스러운 분위기를 높여주고 있었다. 여러 점에서 안정된 대학의 정서를 풍겨주는 환경이었다.

나는 얼마쯤 지나자 재학 중인 상지대학이 지니고 있는 한두 가지 문제점들을 느끼기 시작했다. 이 대학은 확실히 일본 안에 있는 이방 지대였다. 내가 입학한 해로부터 약 30여 년 전 가톨릭의 예수회 계통에서 설립했고, 많은 외국인 신부들이 교수로 있었는가 하면, 당시 대학의 학장도 호이벨스라는 독일 신부였다. 학생들은 독일 계통의 가톨릭 대학으로 부르고 있었다.

서구의 유구한 전통을 지닌 가톨릭의 대학이 군국주의 일본 한가운데 자리 잡고 있다는 사실 자체가 벌써 이색 지대임을 의미하고 있었다. 내가 입학했을 때는 일본의 중국과의 전쟁이 무제한으로 확대되어 위기를 예감케 하는 시기였고, 태평양 전쟁의 불가피성을 외치는 군부의 횡포는 그 절정에 이르고 있었다. 무지한 군벌들의 발악이 사회의 모든 면에 침투하고 있었다. 그들이 외국 계통의 대학에 대해 어떻게 임했으리라는 사실은 예측하고도 남을 상황이었다. 일본의 독일, 이탈리아와의 국가적 결합이 약간의 그 여명을 지속시켜주었을 뿐이었다.

그때, 육군 소장으로 제대한 학생처장에 해당하는 사람이 있었고 미와라는 배속장교가 있었다. 육군 대좌였다. 이 대좌는 교련 시간만 되면 서양 종교인 가톨릭을 공공연히 비난했다. 우리는 천황폐하를 위해 기꺼이 생명을 바치는 야마도 혼을 가진 민족일 뿐이라고 떠들어댔다. 그러나 누구도 그에게 비판을 가하거나 불평을 말할 수 없었다. 그는 그대로 일본 군벌주의의 대변자였으니까.

그러나 이러한 역경 속에서도 대학은 여전히 대학이었다. 대학으로서의 정신적 전통을 잃지 않았고 학문의 존귀성과 인류에 통하는 휴머니티의 높은 향기를 계승하고 있었다. 강의 시간에는 수천 년의 정신적 유산이 그대로 소개되었고, 도서관에는 시대의 소용돌이 속에서도 무궁한 진리를 찾는 학문의 여운이 그치지 않았다. 태평양 전쟁이 폭발되고 일본 군부의 최후적인 발악이 사회를 뒤흔들고 있었을 때에도 대학만큼은 높은 뜻과 유구한 전통을 지켜가고 있었다.

그때 나는 어떤 지역이나 사회적 여건 속에서도 대학은 세계적인 공통성과 국제적인 명예를 지녀야 하며 그것은 다름 아닌 휴머니티 즉, 인간 본성이라고 생각했다. 위대한 정신력이 무엇인지를 배웠고, 사립대학의 전통과 종교의 힘이 얼마나 위대한 것인지도 느끼게 되었다.

미와 대좌는 군부의 권력을 절대시하는 졸장부였다. 그러면서도 학장인 호이벨스에게만은 깊은 존경을 바치고 있었다. 그도 그럴 것이, 학생들의 눈으로 보았을 때도 학장 앞의 육군 대좌는 철없는 어린애로밖에는 보이지 않았으니까 말이다.

호이벨스 학장은 성실한 인품과 교양은 물론 훌륭한

인격을 갖추고 있었다. 일본을 돕지 못하는 교육적 책임은 자신의 부족 때문이라고 진심으로 느끼고 있는 교육자였다. 누구보다도 고상하고 예의 바른 일본어를 사용했고, 어린 학생 한 명에게도 존경과 사랑을 잃지 않았다. 후에 그가 남겨놓은 〈체일 35년의 인상기〉는 많은 지성인들이 애독하는 책이 됐다.

그러나 일본 정부는 끝내 그분으로부터 학장직을 빼앗았다. 쓰시하시라는 일본 학장이 그 뒤를 계승했다.

나는 이 대학에 머물면서 남다른 문제점을 느끼기 시작했다. 상지대학은 종교를 강요하지도 않았고 어떠한 신앙적 요청을 해온 일도 없었다. 예배 시간이 따로 있지도 않았고, 의무 수강의 성경 과목이 있지도 않았다. 나는 단 한 번도 신앙적 권고를 들은 일이 없었다.

그럼에도 불구하고 기독교를 알고 있는 나에게 가톨릭은 어디까지나 가톨릭이라는 생각이 컸다. 비기독교인이나 일반 학생들에게는 별로 관심조차 없는 편이었지만 나는 적지 않은 정신적 구속감을 느꼈다. 가톨릭은 개신교와 지극히 가까이 있었음에도 불구하고 오히려 불신자들보다도 먼 거리감을 느끼게 되는 것도 같았다.

그 때문에 나는 몇몇 교수들을 찾아가기도 했다. 신부들과 대화를 나누어도 보았다. 그분들은 모두가 휴머니스트였고 성실한 학자들이었다. 인간적인 거리와 학문상의 간격이 없는 교수들이었다.

그러나 어딘지 모르게 너무나 가톨릭적인 분위기가 맴돌고 있다는 느낌을 받았다. 불교를 믿는 학생들은 조금도 가톨릭 대학이라는 점에 불만이 없었다. 관심조차 없는 이가 대부분이었다. 훗날 내 선배 중의 한 교수는 "신부들의 복장을 보았을 뿐이지 조금도 가톨릭적인 분위기를 못 느꼈습니다. 실은 그때 신앙을 찾아 지녔어야 하는 건데 아쉽습니다."라고 말하기도 했다.

역시 내가 뭔가 잘못 생각하고 있었다는 느낌이 들었다. 나는 곧 두 가지 뜻을 세워 대학에서 학문을 계속했다. 졸업할 때까지 대학은 학문을 위한 고향으로 삼자는 생각과, 언젠가는 가톨릭과 개신교 프로테스탄트가 더욱 커다란 하나가 되어야 할 것이니 나는 그 일에 위대한 뜻을 기울여야겠다는 다짐이었다.

1960년은 내가 대학을 떠난 지 15년이 되는 해였다. 나는 그때 〈현대 사상 강좌〉라는 간행물 10권을 편찬하는 작업에 참여하고 있었다. 그때 나는 많은 가톨릭 학자들과 상당수의 스콜라 철학자들을 그 작업을 통해 등단시켰다. 당시 한국에서는 처음 있는 일이었을 것이다. 재학 시절에 가졌던 하나의 작은 뜻을 실현한 발로였다.

그로부터 다시 5년이 지난 뒤, 나는 모교의 총장과 몇몇 교수들을 맞이하게 되었다. 내 동창 중 한 사람은 대주교를 거쳐 한국 최초의 추기경이 되기도 했다. 그때 그는 모교의 은사들에게 얘기했다. 대학 때 생각했던 일이지만 이렇게 속히 신구 양교의 대화가 이루어질 줄은 몰랐다는 것이었다. 그리고 그 위대한 업적은 가톨릭 교황에게 있음을 감사드린다는 말도 잊지 않았다.

나는 지금도 기독교는 하나이며 세계와 인류를 사랑하고 봉사하기 위한 그 본질적 뜻과 사명을 함께하는 종교가 되어야 한다고 믿고 있다. 나의 모교인 조치대학은 내가 이 깨달음을 얻는 데 가장 큰 도움을 준 셈이다.

철학자와 예술가

철학자들은 오래 연구하고 생각해낸 것을, 예술가들은 가벼이 그러나 핵심을 뚫고 볼 수 있는 직관력이 있다. 나는 숭실중학 시절에 두세 편의 영화를 보았던 기억이 난다. 학교에서 단체로 가는 영화 관람 이외에는 영화를 감상하지 못하도록 금지되어 있었기 때문이다. 지도 선생들에게 들키면 과중한 처벌을 받기로 규제되어 있었다. 가난했고 소심했던 나는 친구들과 어울려 영화관에 가는 일도 벌인 적이 없었다.

아주 어렸을 때 아버지는 나를 평양에 하나밖에 없던

영화관인 '제일관'으로 데려간 적이 있다. 그때 상영되는 '활동사진'을 한번 보게 됐다. 만년필을 유수필, 영화를 활동사진이라고 부르던 시절이었다. 그때 나는 기차가 관중들 속으로 달려 나오는 것같이 연출된 장면을 보며 깜짝 놀랐던 순간을 여전히 기억하고 있다. 옆에서 떠드는 변사의 얘기는 한마디도 귀에 들어오지 않았다. 숭실중학 때 본 영화는 〈십자군〉과 〈장군 새벽에 돌아오다〉라는 작품이었던 것 같다. 하나는 역사적 의미가 있다고 해서, 그리고 하나는 도산 안창호 선생의 자녀인 안필립이 나온다고 해서 보았던 기억이 난다. 숭실중학을 끝낸 뒤 마우리 목사와 두 편의 영화를 보기도 했다. 다빈의 노래가 있는 영화 〈철창 없는 감옥〉이었다.

이렇게 성장했던 내가 도쿄의 자유로운 세계로 밀려갔으니 영화에 대한 관심이 왜 없었겠는가. 내 일본 동창 중의 하나가 유명한 여배우의 동생이기도 했다. 한동안 도쿄에서 몇 달 동안 다양한 영화를 감상했다. 그때는 지금보다도 문예적인 작품의 영화가 상당히 많았던 것 같다. 몇 사람의 배우 이름도 알게 되었고, 보는 눈도 비교적 높아지기 시작했다. 당시 친구였던 M이라는 영화 전문가로 자처하는 녀석과도 여러 차례 몰려다녔다. 어떤 영화는 두 번씩 보기도 했다.

어느 날인가 나는 M군이 소개해준 영화를 반쯤 보다가 갑자기 나와버렸다. 더는 영화 관람에 굳이 금전과 시간을 낭비할 필요가 없다는 생각이 문득 들었던 것이다.

그러다 우연한 기회를 얻어 음악을 듣기 시작했고, 그림을 보기 시작했다. 그때부터 나는 영화관을 멀리하기 시작했다. 더 높고 고귀한 예술의 세계를 접한다는 것이 과거로부터 나의 수준을 높이는 길이었을지도 모른다.

나는 아이들을 키우면서도 애들과 같이 영화관을 찾곤 했다. 텔레비전에서 나오는 영화를 보기도 했다. 거기에는 하나의 의식적인 뜻이 발견된다. 될 수 있는 한 속히 아이들로 하여금 영화로부터 떠나게 함이 목적이며, 가급적 텔레비전을 보지 않도록 하자는 생각에 이른 것이다. 특히 오늘날 텔레비전과 같은 매체에 너무 오랜 시간을 보낸다는 것은 가장 불행한 일의 하나일 것이다. 물론 억지로 규제할 수는 없는 일이다. 아이들과 영화나

텔레비전을 보는 일에 나 스스로 동참하는 과정 속에서 아이들이 그보다 더 귀하고 값있는 것을 선택하도록 만들어주자는 것이다.

내가 대학에 있을 때 세계문학이 밀물같이 밀려들어오고 있었다. 인문과학 분야보다도 자연과학 분야의 학생들이 더 문학적인 작품에 심취했던 것 같다. 시대적인 낙오자가 되고 싶지 않다는 의식 때문이었는지도 모른다. 그 풍조를 타고 나도 몇몇 작가의 작품들을 탐독했다. 아르바이트후의 여가 시간, 대중교통에서의 시간, 일요일 오후 같은 시간을 이용했다.

아침저녁의 통근 시간을 대부분의 일본 젊은이들이 독서의 시간으로 삼고 있었다. 국철 속은 거의 도서관 비슷할 정도였고 버스나 전차 안에서도 학생들은 대부분 문고책을 들고 있었다. 그때의 일본의 독서열은 거의 세계 최고의 열기가 아니었나 싶다. 지금도 독서 열풍이 가져온 문화적 성장 속도의 영향의 대표적 예시를 영국과 일본으로 꼽는 사람들이 많다.

그때 누군가의 권유를 받고 보들레르의 〈악의 꽃〉을

읽기 시작했다. 웬만하면 책을 읽을 때 좀처럼 도중에 놓는 일이 없는데, 그 책은 3분의 2까지도 가지 못했던 것 같다. 작가를 탓하고 싶지는 않았다. 그러나 그때는 그런 문학작품이 그리 좋게 느껴지지 않았다.

앙드레 지드도 유명했다. 〈좁은 문〉은 마치 성경 다음 가는 작품인 듯 사랑받고 있었다. 나도 감명 깊게 읽었다. 다른 문학 작품들도 많이 읽었다. 어느 책인가 속표지에 앙드레 지드가 손끝을 뺨에 대고 앉아 있는 사진이 실려 있었다. "저렇게 점잖고 귀족적인 사람이 어찌하여 심각한 고민을 안고 있으며, 삶의 의욕을 찾기 위해 아프리카로 떠나곤 했는가?"라고 나는 그때 묻고 싶었다.

지금도 나는 앙드레 지드의 종교적 회의와 그의 사생활적 파탄 등의 내용을 깊이 고민하던 그 시절의 나를 기억한다.

당시 나의 친구는 앙드레 지드에 심취한 내게 '비도덕적인 생활은 반드시 종교적 회의와 파탄을 가져온다.'는 이야기를 하기도 했다.

〈여자의 일생〉을 비롯한 모파상의 작품도 들춰 보곤

했다. 어렸을 때 읽었던 톨스토이가 준 것 같은 예술적 감명을 받았던 것 같다.

모파상이 "어둡습니다. 왜 이렇게 캄캄한가요."라고 말하면서 어머니 품에서 숨을 거두었다던 장면이 퍽 인상적이었다.

아름다움이란 무엇인가. 미美는 인간을 높이 순화시켜주는 사랑이다. 그러나 한 지점에만 치우친 예술은 우리를 환멸과 허탈의 정신세계로 몰아가기도 한다.

스트린드베르히의 〈백치의 고백〉과 몇몇 단편 작품도 읽었다. 읽은 뒤에 그리 기분이 좋지 않았다. 인간과 여성에 대한 어떤 반항 같은 것을 느끼게 해주었을 뿐, 계속해서 가까이하기에는 괴로움이 있었다.

삶이 있는 곳에는 예술이 있다. 나는 그때부터 예술은 어떤 순화된 무엇인가를 주어야 한다는 생각을 해오고 있다. 나처럼 예술을 사랑하기 때문에 감상하는 사람들에게 예술은 그 자체가 목적은 아니기 때문이다. 훗날 나는 예술인에게 있어서는 예술 그 자체가 목적일 수 있으나, 인간과 사회 전체가 예술을 위해 존재하듯 생각해서는 안 된다고 가르치기도 했다.

입센 작품에 입문하고 나서는 한 편을 억지로 읽었다. 드라마는 왜 그런지 한계가 뚜렷한 예술 같다는 생각도 했다. 나는 한때는 음악을 즐기는 사람들은 드라마를 즐기지 않는 게 좋다는 생각을 하기도 했다. 셰익스피어의 몇 작품과 〈파우스트〉 등을 제외하면 말이다.

나는 친구에게 이런 얘기를 한 적이 있다.

"입센은 왠지 유치한 것 같아……."

이미 읽었던 다른 작가들과 비슷한 내용들에 싫증이 났던 때문이었을까. 에드거 앨런 포의 작품도 몇 편을 읽었다. 천재적 재능을 가진 기재奇才라는 말은 바로 그런 작가 같은 사람을 가리키는 말일 것 같이 느껴졌다. 마치 콜라를 한 잔 마시는 격으로 읽어두었던 것 같다.

나는 왜인지 모르게 러시아 작가들을 가장 좋아했다. 러시아는 동양적이라는 생각 때문이었을까. 아버지와 아들, 어머니와 아들의 관계가 문학의 주제가 되는 곳은 러시아뿐일 것 같기도 했다. 어찌 보면 〈콩쥐팥쥐〉와 일맥상통하는 내용들이었다.

안톤 체홉의 단편들은 언제 읽어도 좋았다. 착한 마음 씨의 푸근한 아저씨 같은 작가였다. 인간적으로는 톨스토이보다 몇 배나 친해지고 싶은 작가로 느껴졌다. 러시아가 안톤 체홉을 가졌다는 것은 큰 즐거움이겠다는 생각을 했다.

푸시킨은 러시아 문학의 선구자였다. 그러나 격투의 제물이 되었던 모양이다. 그의 기록을 읽었을 때 나는 '굵고 짧게 정열을 가지고 사는 것도 좋다. 그러나 빛나는 인내로 지적인 삶을 영위하는 길도 있었을 텐데……' 라는 생각을 했다. 나는 그때에도 이성을 위해 목숨을 건다든지, 애정이 인생의 전부라는 젊은이들 취향의 생각에 다소 회의감을 느꼈던 것 같다. 사랑하는 사람을 위한 체념과 양보가 아름답다는 것이 동양적인 약자로서의 생각이었는지는 모르겠다.

그 밖에도 어린 철학도는 많은 문학작품에 매료되어 있었다. 프리드리히 실러, 헤르만 헤세, 세르반테스, 버나드 쇼, 존 밀턴 등의 이름도 떠오른다. 그러나 현실 속에서 나는 그들로부터 속히 떠나야 할 때를 맞이했다.

당시 대학 공부의 과정에서 학부로 진출해야 하는 바쁜 상황 때문이었다.

그 다양한 문학의 예술을 접했다는 사실을 후회하지 않는다. 작가정신의 예술은 왜 좋은가. 나는 항상 강조해 왔다. 인간은 넓고 많은 것을 받아들여서 좋다. 그러나 일은 한 가지에 집중해야 한다는 인간의 본질적 지성이 중요하다. 이것이 예술에 대한 사랑이다.

그런 깨달음을 얻은 후 뒤늦게 다시 한번 〈파우스트〉를 읽었을 때, 그때의 감동은 참으로 커다란 것이었다. 세계정신의 작가라는 말은 괴테를 두고 하는 것 같았다. 셰익스피어의 몇 작품들, 특히 그의 비극적 작품에서 느낄 수 있는 것보다도 더 넓고 깊은 세계의 무엇인가를 괴테를 통해 느꼈다.

철학자를 능가하는 작가들이라 부를 수 있을 것 같았다. 앞서 말했듯, 철학자들은 오래 연구하고 생각해내야 하는 것을 예술가들은 가벼이 그러나 핵심을 뚫고 볼 수 있는 직관력이 있다. 셰익스피어의 작품과 그 비극 정신이 인간성에 깊이 뿌리를 두고 있다면, 괴테의 정신은 세계 속에 그 문제를 두고 있는 것 같았다. 인간 실존으로서의 괴테의 성숙성과 위대함은 말할 필요도 없다.

셰익스피어 이전에 이런 뜻과 정신을 보여준 천재가 있다면 그것은 소포클레스와 단테가 아니었을까. 그리스의 비극을 대표하는 소포클레스는 인간의 비극적 운명을 깊은 자연의 운명과 결부시켰다. 세계의 존재성 속에 인간의 운명은 얽매여 있으며, 그것이 인간으로서는 해결할 수 없는 비극이라는 뜻이었다. 신들의 제왕 제우스도 운명이 결정된다면 어떻게 할 수 없는 것이 바로 그 비극성이다.

단테는 〈신곡〉을 통해서 중세시대 모든 문제들을 체계적으로 취급해주었다. 모든 희망을 버린 지옥의 현실과 허리에 갈대를 두르고 보아야 할 연옥의 사태를, 그리고 조화와 영광의 극치인 천국의 모습들은 역시 세계의 전체적 이해를 촉구하는 작품들이었다.

그 예술적 심취가 도스토옙스키의 작품들로 이어졌다. 나는 숭실중학에 다닐 때 〈죄와 벌〉을 억지로 읽은 적이 있었다. 그러나 그 깊은 내용을 그 당시 알 길이 없었다. 필요 이상으로 무겁고 지루한 작품이라고만 생각했기 때문이다. 내가 대학에 들어가 학부 과정 전의 예과에 있을 때 다시 읽은 〈죄와 벌〉은 완전히 새로운 문제와 세계를 제시해줬다. 〈카라마조프의 형제들〉〈죽음의 집의 기록〉 들은 그 의미가 무엇인지를 정확하게 알게 해주었다. 도스토옙스키를 읽어가면서 내가 취급하고자하는 문제의식, 인간과 더불어 영구한 그리고 가장 깊은 문제들이 무엇인지를 차츰 깨닫기 시작했다.

　내가 만약 도스토옙스키 작품들을 읽지 않았다면 그 당시 새로이 유행되고 있던 실존주의 작가들에 더 큰 관심을 지녔을지도 모른다. 그러나 도스토옙스키는 오늘날 현대사회의 작가들이 취급하고 있는 모든 문제들을 이미 깊이 철학적으로 파고들었던 것이다. 참 이상하고 신기하게도 도스토옙스키가 던지는 인생의 과제와 그 해결이 철학자 키르케고르와도 일치된다는 점에서 소포클레스와 괴테 속에서 내가 발견했던 본질이 또 다시 드러난다. 어쩌면 셰익스피어와 도스토옙스키 사이에도 통하는 길이 있을지 모른다. 그런 통로들이 니체를 탄생시켰고, 키르케고르도 그렇게 존재했던 것이다.

지적인 것을 찾아 헤매던 대학 초반 예과 2년을 끝내면서 나는 초조함을 느끼기 시작했다. 문학과 예술의 정서적 분야에만 너무 오랜 세월 열정을 바친 것 같다는 느낌 때문이었다. 산을 넘어야 할 사람은 낮이 될 때까지 산 밑의 꽃밭을 헤매서는 안 되기 때문이다. 나는 동급생이던 E군의 글을 읽었을 때 더욱 그렇게 자책했던 기억이 난다. 그 친구는 이미 그때 자신의 문제를 정리하고 있었던 것이다. 서둘러도 나는 그런 문제의식이 늦을 것 같은 불안감이 들었다. 어느 날인가 대낮에 나는 코트를 뒤집어쓰고 밖으로 나갔다. 2, 3일째 계속되는 미열은 떨어지지 않고 있었다. 그렇다고 바깥보다도 더 춥고 습기가 스며드는 방에 그대로 있을 수도 없었다. 마른 풀 위의 따스한 볕을 받으면서 그 전날부터 읽기 시작한 니시다라는 일본 철학자의 〈선善의 연구〉를 계속 읽고 있었다.

인식과 윤리적인 선善의 문제가 짜임새 있게 취급된 창의성이 짙은 줄거리였다. 깊은 공감을 느꼈다. 그 당시 내가 읽은 철학자 니시다는 일본적 주체성을 지닌 학자였다. 동양인으로서 불교를 제대로 알았기 때문에 영위할 수 있었던 정신세계를 보여줬다.

순수 직관이나 순수 체험은 서양에도 있었다. 그러나 불교적 전통을 몸소 체험하여 지니지 못한 사람은 그런 정신세계를 갖기 어렵다. 그것이 동양적 학문의 성격과 바탕이다.

선善의 개념이나 뜻은 누구나 아는 것이다. 그러나 사회적 악으로부터 문제를 출발시키는 일부의 서구적인 사상가와, 성선설을 그대로 인정하는 유교적인 정신에 비해 당시 내가 읽은 니시다의 생각은 종합적 비약을 원하고 있었다. 그리고 비약과 초월을 뜻하는 입장에 있어서도 헤겔이나 마르크스적인 것에 갇혀 있지 않아 참 좋았다.

나는 그날 오후 잎이 다 떨어져 앙상하게 높은 나무 밑에 누워서 깊은 생각에 잠겨 있었다. 무엇인가 새로운 출발이 있어야겠다는 생각이 들었다. 그 새로운 출발이 무엇인가. 한마디로 말해서 인식에의 출발이었던 것이다. 예술에 대한 사랑을 통해 한참 전부터 느끼고 있던 문제들을 기반으로, 그때 나는 비로소 철학자로서 나아갈 하나의 방향과 태도를 결정할 수 있었다.

인생의 시작

나는 이미 14살 때 건강 문제와 가족의 가난 때문에
절망을 체험했고, 더 높은 누군가의 사랑을 갈망해서 기
도를 시작했다. 그것은 어떤 의미에서는 내 인생의 출발
이 된 지점이었다. 이미 그때 인생의 중심에 사랑이 큰
비중으로 찾아왔던 것이다. 14살 때 경험한 사랑의 의
미, 그것을 알게 해준 강렬한 체험이 내게는 사랑의 진
실이 되었다.

사람마다 자기 인생을 출발은 시키면서도, 언제 인생
이 시작됐는지를 물어보면 잘 대답하지 못한다. 왜 그럴

까? 내 인생을 남이 사는 것같이 살기 때문이다. 내 인생을 내가 찾았는가? 이렇게 물어보면 대체로는 나이가 많이 들어서야 겨우 대답할 내용을 구하게 된다.

지금 생각해보면, 아주 옛날 내가 태어날 때부터 나는 불행이라는 인생의 밑바탕에서부터 출발한 것 같다. 나의 친구들과 내 삶을 쭉 비교해보면 나는 인생 100리의 길 가운데 거의 0이나 10쯤에서부터 시작했던 것 같고, 나와 비교해 보면 내 친구들은 20쯤에서 시작한 것 같기도 했다. 누구는 이르게, 누구는 늦게 시작한 것 같았다.

왜 그럴까? 왜 그렇게 일찍 인생의 길이 시작됐는지 질문해 보면, 사랑이 필요했던 연령이 더 빨랐기 때문일 것 같다. 그게 정확한 이유인지는 나도 잘 모르겠다. 내가 선천적으로 가지고 태어난 건강도 뭔가 잘못돼 있었기 때문인지도 모른다.

얼마 전 신문에서 접한 이야기이다.

어떤 가정에 10살 정도의 남자아이가 하나 있었는데 그애가 자기도 모르게 의식을 잃어 쓰러지고, 부모들이 기다리고 있으면 깨어나 또다시 괜찮아지고 다시금 의식을 잃어버리곤 했는데, 몇 번쯤 반복되자 아이는 아예 의식을 잃어버리고서 깨어나지를 못했다. 그러자 의사가 살펴보더니 뇌사 상태라고 판정했다. 심장은 뛰고 있는데 뇌가 기능을 상실했기 때문에 깨어나기 어려울 것 같다고. 그러니까 아주 죽은 거나 다름이 없었다. 그래서 부모는 비슷한 증상의 환자들이 있다면 아이의 장기를 기증하겠다고 약속했다. 몇몇의 어린아이들이 그 장기 기증의 수혜를 받았다.

그 기사를 보면서 내 어린 시절 같다는 생각을 했다. 지금도 뚜렷하게 기억하는 것은, 어린 내가 몸을 갑자기 움직인다든지 하면 원인을 알지 못한 채로 의식을 잃어버리고 쓰러지곤 했던 것이다. 그러면 우리 어머님이 밭에서 일을 하시다가 허겁지겁 뛰어와서 나를 품 안에 안고 깨어나기를 기다리셨다. 그때 나는 내가 의식을 잃어버리고 있다는 사실조차 인지하지 못했을 것이다.

그렇게 의식을 잃고 있다가 눈을 떠보면 어머니가 나를 안고서 눈물을 흘리고 계셨다. 깨어나기를 기다리고 있다가 꼭 물어보시는 말씀이 "많이 아프냐?"였다.

"많이 아프냐?"

그럼 내 대답은 이러했다.

"아프진 않아요."

아프진 않다고 말한 그날 하루는 어쨌든 환자가 되었다. 그다음 날엔 괜찮았다가, 다시 쓰러졌다가. 그렇게 몇 번 겪었던 것이 10살 전후쯤의 시기였다.

그때 차츰 느꼈을 것이다. 집안에서도 내가 이제 더 오래는 못 살 것이라는 생각이었을 것이다. 나도 역시 그렇게 생각했으니까. 다른 사람들 살듯 오래 살지는 못할 것이라는 생각이었다. 그러면서 초등학교를 졸업했다. 당시에 다들 그러했으나 집은 몹시 가난했고 중학교 갈 생각도 못할 처지였다.

또렷이 기억이 난다. 나의 담임 선생님께서 이 아이는 중학교를 보내야 한다는 생각을 굽히지 않으신 것이다. 자꾸만 그렇게 주장하셨다. 아버지는 건강 때문에라도 상급 학교 진학은 못할 상황이라고 생각하고 계셨다. 졸업식 날인데, 아버지가 자전거를 타고 나를 뒤에 짐칸에 앉히고서 졸업식이 끝나니까 "너 나와 의사한테 가보자."

라고 하셨다. 그래서 아버지와 아는 사이의 의사를 찾아 갔다.

시골 의사가 나를 보더니 "이 아이야?" 하고 물었다. 옆의 방으로 나를 데리고 들어가 의사가 침대에 눕게 하고는 맥박도 재고, 몸도 살펴보았다.

"좋다. 이제 괜찮아. 아주 괜찮다."

그때 의사의 방에서 나오면서 방문을 꼭 닫았으면 내가 아무 대화도 못 들었을 것이다. 그런데 의사가 문을 꼭 닫지 않아서 열린 틈으로 아버지와의 대화 소리가 들려왔다.

"아이가 마음을 쓰지 않게 하고, 힘들지 않게 좀 쉬게 해주어요. 중학교 보낼 생각은 하지 말고요. 환자니까 잘 보살펴요."

그래도 우리 담임 선생님은 중학교에 보내야 한다는 주장을 굽히지 않으셨다. 시골 교회 학교의 그 담임 선생님은 우리 학교 졸업생이 제발 누구 하나 중학교를 갔으면 좋겠다는 꿈을 가지고 계셨다. 5학년과 6학년이 한 반에서 한 담임 선생님께 수업을 들었는데, 그 두 학년을 합한 수가 30명도 안 되었다. 그때까지도 중학교에 진학한 학생이 하나도 없었던 것이다. 우리 아버지는 중학교 가면 비용도 많이 들고 집도 가난한 것이 근심이었다.

그러던 중에 중학교에 가게 된 것이다. 숭실중학교는 미국식 기독교 학교였다. 요즘과는 달리 숭실중학교는 입학생 신체검사를 했다. 쭉 일렬로 서서 신체검사를 받고, 평양의 기독교 병원을 비롯한 여러 병원들로부터 내과 의사를 포함한 의사 몇 명이 와서 아이들 심장도 체크해보았다.

내 차례가 왔다. 당연히 "넌 건강이 나빠서 안 되겠다."라는 말을 들을 것 같아서 들어가기 전에 기도를 했다. 의사가 내 병을 모르게 해서 꼭 학교에 입학하게 해달라는 기도였다. 내 순서가 되었다. 하여튼 합격을 했다.

합격 후 중학에서 1년을 보내고 크리스마스가 됐는데 그때 우리 중학교 옆에는 지금의 숭실대학이 있었다. 젊은 대학생들이 1년에 한 번씩 신앙 부흥회를 했다. 그 부흥회를 진행하는 학생들이 월요일에서 토요일까지 저녁 7시에 학교 5층 강당에서 모이곤 했다. 나는 한번 가보

고 싶었다. 중학생은 안 된다고 쫓아내면 돌아오려고 했
다. 맨 앞자리에 앉아서 엿새 동안 설교를 들었는데. 그
설교를 이렇게 듣고 나니 약간의 변화가 왔다.

'아직 철은 없지만 나는 다시 태어난 셈이야.'

왜 다시 태어났다고 생각했을까.

'내 인생은 지금까지 나 혼자였지만 하나님이 나와 함
께하실 거야. 예수님이 이제부터 나와 함께하실 거야. 그
러니까 내 인생은 나 혼자가 아니야.'

기도의 진짜 의미를 알게 된 것이다.

'하나님께서 나에게 건강을 주셔서 내가 건강을 회복
하게 되면, 알 수는 없지만 어른이 될 때까지 살게 해주
신다면, 나를 위해서 일하지 않고 하나님의 일을 위해서
일하겠습니다.'

그게 나의 소원이었던 것이다.

그것이 지금까지 100년간 계속돼왔다.

지금 생각해보면 14살 때에 나는 내 인생을 살았던 것
같다. 내 친구들은 아직 그때 부모의 보호만 받고 있었
다. 그런데 나는 내 인생을 살기 시작하고 있었다. 건강

도 회복하기 시작했다.

건강이 약하니까 그때부터 지금까지 내 건강에 손해가 되는 해로운 것은 그 어떤 것도 하지 않는 습관을 들이게 됐다. 나는 절대로 일을 많이 맡아서 스트레스를 받지 않는다. 현재까지도 원고를 쓰고 강연을 하는데, 마감 일주일 전에 준비를 마친다. 그때 가서 하는 일은 없다.

오늘 전화 한 통을 받았다. 우리나라 방송위원회 위원장이 새로 임명됐다는 소식이었다. 그분이 나와 오찬을 함께하길 기원했으나, 미안하게도 거절했다. 강연은 나와 독자들의 공식적인 약속인데 지장받아서는 안 된다는 생각이었다.

술, 담배 이야기도 마찬가지이다. 일체로 입에 대지 않으나, 와인을 조금 마시는 것은 괜찮다. 건강하게 태어나 무리하는 사람보다는 건강하지 못하게 태어나 해로운 것을 멀리하는 사람이 더 오래 산다.

나의 처음으로 다시 돌아가보자. 그러고 보면 나는 일찍 병들어 14살부터는 내가 스스로 반성하고 느끼는 내 인생을 출발시켰다. 그리고 남보다 오래 살았다. 긴 인생을 풍부하게 살아온 것 같다. 중학교에 갔을 때 나는 앞서 소개한 윤동주 시인과 3학년까지 한 반에서 함께 공부했다. 원래 윤동주 시인은 나보다 나이가 3살 많았다. 그러니 나보다 좀 더 철이 든 형이었다. 그때 윤동주 시인은 중학교 3학년으로서 교지를 맡아서 편집했고 시도 발표했다. 몹시 부러웠다.

윤동주 형은 시인으로 50세, 60세까지 일생을 살 사람인데, 나는 그럼 무엇을 위해서 일생을 살지? 자신이 없었다. 그런 예술가와 함께 있으면서 그것을 절실히 느꼈던 것이다.

내가 앞서 학생들에게 소개한 황순원 작가도 학년은 나보다 한두 해 위였다. 소설가로서 자기 인생을 살아갈 사람이라는 성향이 이미 그때 뚜렷이 드러나 있었다. 그들은 살아갈 이야기가 이미 아주 뚜렷했다. 그럼 나는 이제 어떡하지?

그리고 내가 앞서 기억한 홍창의 박사도 있었다. 그는 이다음에 '큰 소아과 의사'가 되겠다고 선언했다.

숭실학교가 크게 공부 실력이 뛰어난 학교도 아니었

다. 그런데도 서울의과대학에 입학했다. 한국에서 가장 존경받는 소아과 의사가 됐다. 서울대학병원장까지 역임했고, 아산병원 설립 당시에도 초대받았다.

나에게 계속 질문거리를 준 그 친구들의 공통점이 있다. 바로 기독교인이라는 점이다. 그게 공통점이었다. 그러니까, 그래서, 그러면 나는 어떻게 할 것인가? 계속 질문했다.

그러다가 3학년 때에 일본 총독부에서 신사참배 불복종을 이유로 학교를 폐교시키겠다고 하자 학교는 문을 닫을 상황에 처했다. 선생님들과 기독교계 원로들은 그렇다 치더라도, 철 없는 우린 학생들은 신사참배를 하느냐 마느냐의 엄청난 문제였다. 신앙인으로서 신사참배는 불가능한 것이었다. 그러면 어떻게 해야 하는가? 고생스럽게도 학교를 떠날 수밖에 없었다.

지금 생각해보면 그때는 깊이 생각한 것도 아니고, 내가 유난히 철이 들었던 것도 아니었다. 신사참배는 신앙인으로서도 죄가 되니까 안 하겠다는 생각이었다. 그래서 윤동주 시인을 만났다.

"넌 어찌할래? 난 만주로 가면 신사참배 안 해도 된다는데……."

"난 학교 마치면 만주로 갈 거야."

동주는 결국 만주로 떠났다. 그는 졸업 후 연희전문학교로 진학했다.

나는 자퇴했다. 그렇게 한동안 학교를 못 가고 시골에서 교복을 입고 자전거를 탔다.

어디로 갔을까? 아침에 학교 가는 시간에 도서관으로 떠나서 줄곧 책을 읽다가, 오후 5시가 되면 학교 끝나고 집으로 돌아오는 시간에 자전거를 타고 귀가하는 식이었다.

부모님은 학교 안 가고 도서관 다녀도 괜찮은지 걱정을 하셨다. 나는 책을 많이 읽으니까 괜찮다고 했다. 그때 정말 책을 많이 읽었다. 한국문학도 그때 접했다. 그리고 철학책으로 넘어갔다. 어리석기도 하고, 다소 모험적이기도 한 것 같은 철학책을 좀 찾아봐야겠다고 살펴보니 그 당시 한국말로 출간된 도서 중 읽을 만한 철학책은 당시 이화여자전문학교 한치진 교수의 〈철학개론〉

하나뿐이었다.

그런데 일본어로 발간된 철학 도서는 매우 많았다. 그래서 어쩔 수 없이 일본어로 출판된 책을 주로 읽을 수밖에 없었는데, 철학은 우선 개론을 먼저 읽고 나면 그다음 철학사를 읽는 순서였다. 그다음에 누구의 철학인지를 다루게 되는 철학자 이야기들. 이해를 하면서 읽었는지 아니면 이해도 못 하면서 그냥 읽었는지는 잘 모르겠다. 그때 어린 내가 그 책들을 이해했을지 못 했을지 아직도 잘 모르겠다 싶을 때가 많지만, 그래도 학생이라고 그 책들을 다 읽었던 것이다.

1년 정도 그렇게 도서관에서 책을 읽다 보니 아무래도 안 되겠다는 생각이 들었다. 극단적으로는 신사참배의 어려움을 감수하더라도, 결국은 학교를 가야 하지 않겠는가 하는 생각이었던 것이다. 결국 그렇게 1년을 버틴 뒤에 학교로 다시 돌아갔다. 학교가 받아줬을까, 안 받아줬을까? 자퇴하고 떠났으니 다시 입학시험을 보라고 할 것 같았다. 어쩌면 복학은 안 된다고 거절당할 수도 있을 것 같았다. 떠난지 1년 만에 상당히 긴장한 채로 학기 초에 접어든 학교로 돌아갔다.

그런데 그날 영원히 잊을 수 없는 일이 일어났다. 층층대를 올라가서 교무실까지 다다랐는데 학교 영어 교사였던 김윤기 선생님이 금세 나를 알아보고는 내 모습을 쓱 바라보셨다.

"너 형석이 아니니? 학교 다니려고 왔느냐?"

"네."

"나 따라와."

나는 신사참배를 하지 않기 위해서 학교를 떠난 학생이었다. 당시에 그런 선택을 했던 학생들이 그리 많지는 않았다. 선생님들은 그렇게 떠난 내가 부디 학교로 다시 돌아왔으면 좋겠다는 생각을 가지고 계셨던 것이다.

"다음 월요일부터 학교에 나오거라."

집에서 쫓겨났다가 부모님께 핀잔을 들을까 봐 슬그머니 걱정하면서 들어온 자식을 부모님께서 더 따뜻하게 안아주시는 격이었다. 정말 행복했다.

다음 월요일부터 학기가 시작되자 신사참배도 시작됐다. 사실 그게 뭔지 제대로 알지도 못했다.

전교생이 쭉 줄지어 신사 앞으로 갈 때 교장 선생님이 맨 앞에 앞장서고, 선생님들은 교장 뒤로 쭉 일렬로 줄지어 서고, 우리 학생들이 그 뒤로 줄을 선다. 그 참배라는 게 뭐고 하니, 체육 선생이 "차렷!" 하면 "차렷, 경례!" 구령이 이어진다. 그러면 90도로 모두 똑같이 절을 한다. 그러고 나서 "바로!" 소리가 들리면 그걸로 끝나는 것이었다.

그러고 돌아서면 교장 선생님 먼저 앞장서서 가고, 그다음에 선생님들이 따라가고, 그다음에 우리 학생들이 다시 똑같이 따라서 간다. 내 키가 좀 작은 편이었기 때문에 항상 앞에 서서 갔는데, 당시 60대 정도였던 그리 늙지 않은 교장 선생님 얼굴에 주름살이 가득하고 두 눈에서 그 주름살을 타고 눈물이 주르륵 흘렀다. 학생들이 바라보고 있으니 자기 손으로 눈물을 닦을 수도 없고, 그저 눈물이 주름을 타고 하염없이 흐를 뿐이었다. 교회에서 쓰는 말이 생각났다.

'교장 선생님은 우리 학생들을 위해서 십자가를 지셨구나! 대신 십자가를 지셨던 것이구나.'

그런 장면들을 직접 보게 되면서 학교를 사랑하는 애교심도 생기고 빨리 철들게 됐다. 내 인생이 출발점이 이르게 시작됐다는 사실만큼은 그러므로 확실했다. 그렇게 나는 다른 친구들보다 1년 늦게 4학년이 됐다. 나는 시인도 아니고 소설가도 아니고 의사가 될 것도 아닌데, 철학 공부를 계속해서 정신적 지도자가 한번 돼봐야겠다는 생각을 그때 비로소 하게 됐다.

그래서 14살에 시작해서 중학교 4학년까지 고민하다가 철학 공부를 이어나가 교육을 하는 지도자가 돼야겠다는 결심이 오늘날 100년에 이르게 된 것이다. 훗날 만난 내 친구 안병욱 교수와 김태길 교수는 가만히 살펴보면 나와 같은 고생까지는 안 하고 성장했다. 집도 잘사는 편이었다. 동료 지도교수들에 비하면 나는 고생을 많이 하면서 시작했던 것이다.

그런데 내가 겪은 그 고생은 강인한 고생이었다. 건강이 좋지 못하고 가난하게 사는 동안에 나는 가족과 부모 그리고 스승의 사랑을 강인하게 배울 수 있었던 것이다.

사랑의 뿌리

중학교를 졸업하자 우리 어머님이 내게 하신 말씀이 있다.

"형석아, 내가 건강한데 네 동생들 데리고 굶어 죽기야 하겠느냐. 그러니 너도 고생스럽겠지만, 내가 학비 지원을 못 해주겠지만, 고학을 해서라도 대학에 가거라."

그렇게 말씀하시는 어머니의 마음과 그것을 받아들이던 내 어린 마음. 그건 다른 친구들은 경험할 수 없었던 사랑의 뿌리였다. 그 뿌리가 내 인생을 헛되이 살지 않도록 해준 것이다.

지금까지도 내가 느끼는 한 가지의 진실이 있다. 사랑이 있는 고생을 받아보고, 그 고생을 해본 사람은 더 행복하다. 더 사랑한다. 예를 들어 애국심을 가져보고 나라를 사랑해본 사람과, 한 번도 나라를 사랑해보지 못한 사람은 전혀 차원이 다른 존재이다. 그 고생을 했는지에 따라 완전히 다른 사람이 되는 것이다. 그래서 사랑이 있는 고생이 인생의 척도를 만든다. 14살 때 내게 머물렀던 그 사랑이 지금까지 계속되고 있으니 말이다.

사람들이 제일 많이 묻는 것이 "얼마나 오래 살면 좋은가?"이다. 그럼 난 뭐라고 대답하는가. 당연한 상식이기도 한데, 일할 수 있고 다른 사람에게 작은 도움이라도 줄 수 있을 때까지 살면 좋다. 더 일도 못 하고 다른 사람에게 사랑도 베풀지 못하게 되면 그건 내 인생이 아니기 때문이다. 어쩌면 아주 상식적인 이야기일 것이다. 그런데 나는 이것을 상식으로 받아들이기보다는 내가 직접 그렇게 살았기 때문에 나의 인생관이 된 것이다.

가난과 건강의 문제는 내 삶에 엄청 큰 복이 됐다. 우리 어머님이 내 건강 문제로 얼마나 마음이 답답하셨으면 내가 어릴 때 "제발 좀 20살까지만 살아라. 너무 일찍 죽지 말라."고 하셨다. 어머님이 나를 키울 때의 소원은 내가 20살까지라도 살았으면 하는 것이었다. 실은 내가 14살 때 정월 초하룻날밤 우리 어머님이 꿈을 꾸셨는데, 내가 두 무릎을 손으로 감싸고 앉았다가 그냥 하늘로 쑥 올라가버리는 꿈을 꾸셨다는 것이다. 어머니는 너무 놀라 할머니께 그 말씀을 드렸더니 할머니는 "우리 집 장손이 아마 금년에는 죽으려나 보다. 금년에 아마 죽으려는가 보다."라고 하셨다는 것이다.

그런데 내가 이렇게 살고 나서 보니까 어머니의 그 꿈은 내가 죽는다는 뜻이 아니고 신앙으로 다시 새롭게 태어나는 것을 의미하는 꿈이었다. 내 친구들과 비교해봐도 참 고생을 많이 했던 어린 시절이었는데, 지금은 내가 내 친구들보다 무려 10년 이상은 더 살고 있기 때문이다. 그러니까 고생한 것은 다 대가가 있는 것이다.

어머님은 옛날 분이었으니 학교 교육도 제대로 못 받은 분이었다. 그런데 지금 생각해보면 대단히 지혜로우셨던 것 같다. 우리 형제들을 키우면서도 사회 속에서 사람들과 교류하면서 해야 할 일과 하지 말아야 할 일, 사람을 대하는 예절 등이 참으로 분명한 분이었다. 아버지와도 성향이 완전히 다른 분이었다. 그래서 두 분은 때때로 융화하지 못하기도 했다. 지금 생각해도 나는 내 어머니 성격과 아버지 성격을 모두 이중적으로 지니고 있는 것 같다.

연세대학교 교육자로 가기 전까지 중학교 교감을 했었다. 그러다가 연세대학교로 교수로 부임하고 나니까 교무처장을 해달라, 학생처장을 해달라는 등 여러 가지 행정적인 부탁이 많이 들어왔다. 그런 여러 자리를 거절하지 않고 죄다 도맡으면 우리 아버지는 학문을 제대로 못 한다고 반대하실 것이고, 어머니는 도맡으라고 하실 만한 성향이었다. 그래서 처장을 맡으면 어머니 성향이 살아나고, 거절하면 아버지 성향이 살아나곤 했다. 아버지 어머니의 두 분 성격은 확실히 달랐는데 아주 이중적인 부조화였다.

어머니는 학교는 못 다니셨어도 연세가 들어 적적하실 때면 신문을 보시곤 했다. 그럼 손주가 되는 내 아들딸들이 놀란다.

"할머니, 글 언제 배웠어요?"

"내가 언제 글을 배웠겠어."

"그럼 어떻게 그걸 읽어요?"

"내 남자 형제, 네 아버지의 외삼촌이 글을 배울 때 옆에서 봤다. 그런데 외삼촌은 늦게 배웠고, 내가 먼저 글을 깨쳤어."

어머니는 그런 장점이 있었다. 대단히 지혜로우셨다.

이런 생각을 해본다. 다른 어머니와 내 어머니를 비교할 필요가 없다. 또, 누구 아버지는 이렇게 성공했는데 우리 아버지는 못 했다는 생각을 할 필요도 없다. 100년을 살고 가만히 인생을 바라보게 되면, 어머니 아버지라는 존재는 사랑이 있었는지 없었는지가 가장 중요한 것이다.

아버지가 대통령이 됐든 큰 회사의 사장이 됐든 부유한 집에서 자란 사람들도 사랑은 결핍될 수 있을 수 있다. 가난하게 어렵게 고생하면서 사는 집안의 자녀에게 사랑이 풍요로워 넘칠 수도 있다. 결국 우리는 아버지

어머니의 부유함이 아니라, 그분들과의 사랑을 통해서 인생의 마지막에는 모두가 비슷한 수준에까지 올라서게 되는 것이다.

남북이 분단되고 휴전선이 생기고 나자 어머니의 지혜로움은 더 돋보이게 됐다. 재미있는 이야기가 있다. 어머니가 북을 떠나와 여기에 정착하고 난 뒤에 이북에 고향을 둔 지인들이 자주 찾아오곤 했다. 찾아오면 우리 어머니에게 무슨 얘기를 듣고 싶어하나 가만히 살펴보니, 38선 때문에 고향으로 못 돌아가니까 우리 어머님을 찾아와 북에 계시는 자기 가족들 이야기를 묻고 그 기억 속의 이야기를 듣고 싶어 한 것이다.

"그때 너희 아빠는 어땠고, 그때 너희 엄마는 어떠했다."

이런 얘기를 생생하게 다 들려주셨다. 어머니의 그 얘기를 듣고 싶어서 자주 손님들이 찾아오곤 했다. 참으로 대단한 어머니의 기억력이었다.

한번은 내 후배의 친구가 찾아왔다. 부인은 북한에 있고 자기만 이곳으로 떠나오게 된 사람이었다. 그렇게 남쪽으로 와서 살다가 결혼에 이르게 된 상황이었다. 우리 어머니께 인사를 드리러 오겠다고 했다.

"큰어머니, 저 여기 와서 다시 결혼했는데, 처 데리고 인사하러 가도 돼요?"

"그러면 고맙지."

"제가 남쪽에서 결혼한 아내가 참 미인이에요."

"그래 얼마나 예쁘나 한번 보자."

여기 와서 결혼한 아내가 아주 미인이라고 자랑을 하는 것이었다. 그 친구가 돌아가자 어머니는 내게 말했다.

"좀 이상하다."

"왜요?"

"북한에 있는 아내가 얼마나 미인인데 저렇게 못생긴 여인을 예쁘다고 그러는구나. 하기야 뭐, 사람의 취향이 맞게 되면, 사랑하면 다 예뻐지지."

어머님의 말씀은, 예쁘고 안 예쁜 것은 얼굴의 문제가 아니라 결국 사랑하는 사람이 예쁘다는 것이었다. 그래서 그때 어머니가 대단히 지혜로운 분이라는 생각을 하게 됐다.

우리 아버지는 세상을 잘 모르는 분이었다. 아버지를

떠올리면 생각나는 제일 우스운 이야기가 있다. 내 삼촌, 그러니까 우리 아버지의 동생이었던 삼촌이 사위를 맞이하게 되자 그 사위를 보러 가기 위해 상견례를 간다고 했다. 형님도 같이 가시자고 삼촌이 우리 아버지를 모시고 그 자리에 나갔다. 아버지가 다녀오시자 어머니가 물었다.

"그 신랑 될 사람이 머리를 길렀던가요, 깎았던가요?"

"그걸 못 봤는데."

"아니 그걸 못 봐요?"

"다른 건 다 봤지."

일제강점기니까 머리 깎은 사람도 있고 기른 사람도 있던 시절이었다. 나는 그 얘기를 듣고 정말 많이 웃었다. 다 봤는데 그건 못 봤다고 하는, 참으로 우리 아버지다운 얘기였다. 그래서 내가 아버지의 그런 면을 많이 닮았다.

사랑나무의 행복열매

부모와 자식 간의 관계가 다 마음이 같기는 어렵다. 문제도 많이 발생한다. 오죽하면 요즘은 의학 박사가 방송프로그램에 나와 부모와 자식 간의 문제를 해결해주는 내용도 있겠는가. 이상적인 부모와 자식 간의 사랑은 어떤 모습인지, 어떻게 그 사랑의 마음을 가지고 살아가야 하는지도 인생의 중요한 질문이다. 우리 아버지 어머니께서 서로 다른 성향으로 살아가면서도 내게 주셨던 사랑만큼이나 내 아이들과의 마음도 인생의 중요한 사랑이었다.

나도 육남매였고, 내 아이들도 2년 터울로 여섯을 낳아 키웠다. 지금 생각해보면 자식을 키우면서 '교육적으로 연구해볼까?'와 같은 마음으로 생각해본 적은 없었다. 초등학교 2학년쯤 될 때까지는 80~90%까지 보호해줄 사람으로서 아이들을 이끌어갔다. 초등학교 5~6학년쯤 되고 중학교 진학할 때쯤에는 부모가 이끌고 가거나 데려가려고만 하지 말고 '함께 가볼까.'라는 생각이 중요하다. 그래야 조금은 양보하고 자녀의 이야기를 들어줄 수 있다. 이야기를 들어주고 함께 가다가, 중학교 시절도 절반쯤 되게 되면 친구들과의 교제가 우선이 된다. 그다음부터는 함께 같이 가는 것이 아니고, 자녀를 앞장세워 가게 된다.

'네가 선택해봐라.'

'네가 공부해봐라.'

뒤에서 바라봐주는 것이다.

이건 내가 학술적으로 연구한 내용이 아니다. 나는 교육학자도 아니고 교육 연구자도 아니다. 그런데 지금 돌이켜 생각해보면 가정교육이 그렇게 되는 것은 자연스러운 흐름이다. 아들딸들을 사랑한다는 것은 맨 처음 보호해주고 이끌어주는 단계가 제일 중요하다. 그다음부터는 조금씩 자율적으로 자유를 누리며 살게 해주는 것이 중요하다.

나는 아이들과의 사랑에서 무엇이 가장 좋았는가. 사랑의 자연스러움이 가장 좋았다. 아이가 가급적 나를 따라오게 하다가 그다음에는 함께 가고, 그 후에는 아이가 자립해야겠다는 생각을 스스로 하게끔 유도해주는 것. 나도 모르게 따랐던 이 사랑의 방식이 지금 생각하면 가장 좋았다.

자녀가 고등학교에 진학하면 2~3학년쯤 될 때에는 고민을 함께한다. 나도 그 시절에 고민했던 시기가 있기 때문이다. 무엇을 하며 살고 싶은지 대화하는 것이다.

"너는 대학에 가면 무엇을 공부하고 싶니?"

"이다음에 어떤 일을 하면서 어떻게 살고 싶니?"

자율적으로 선택할 수 있는 길을 도와주는 것이다. 큰아이는 일찍부터 아버지 따라서 인문학, 특히 철학에 집중했다. 딸아이는 영문학을 했으니 일찍부터 문학 계통의 길을 가게 됐다. 그런데 둘째 아들이 제일 고민이 깊고 오래 걸렸다. 그래서 나는 둘째 아들이 고등학교에 입학하자 1학년 후반부터 2학년 초반쯤까지 시간이 날 때마다 둘째 아들을 데리고 내 친구들에게 찾아갔다. 의사 친구에게도 가보고, 교수 친구에게도 가보고, 또 사업하는 친구에게도 데려갔다. 왜 그랬을까? 다양한 직업을 가진 사람들을 함께 만나보고 장차 하고 싶은 길을 선택해나갔으면 좋겠다는 의미였다. 그러자 고등학교 2학년쯤 되니 둘째 아들은 공과 계통을 공부할지 문과 계통을 공부할지 고민하기 시작했다.

나와 함께 아버지 친구들을 만나러 다녀보고서 대화를 해보니 둘째 아들의 고민은 좀 독특했다. 아버지가 철학자이니 인문학 계통도 공부하고 싶은데 공과 계통도 공부하고 싶은 마음이 동시에 있었던 것이다. 둘 다 종합해서 살아갈 길이 없나 고민하다가 우연히 건축학에 대한 관심을 갖게 된 모양이었다. 건축학은 예술의 한 분야이면서도 공과 건축 분야를 함께 다룬다. 고등학교 3학년쯤 되니까 그 계통의 책을 깊이 들여다보고 있었다. 둘째 아들이 내게 무슨 얘기를 하다가 '이게 유럽의 무슨 어느 교회 양식'이라든지, '이것은 우리 동양의 비원 양식'이라든지, '동양 사람들의 높은 공간 이용률'이라든지 자신만의 탐구 결과를 내놓았다. 그래서 결국 건축학을 택하게 됐다. 그 계통으로 가서 결국 교수가 되었다. 둘째 아들의 경우를 살펴보면 내가 진로 선택을 이끌어준 방식이 옳았다는 생각이 든다.

부모는 자식에 대하여 그다음에 가장 관심을 가지는 사항이 어떤 이성 친구와 교제하냐는 것이다. 어떤 여자 친구를 사귀나, 어떤 남자 친구를 사귀나 늘 걱정일 수밖에 없다. 그런데 이 문제는 강요할 수 없는 문제이다. 그래서 나는 그 문제부터는 자녀들을 자유롭게 두었다.

"네가 선택해봐라."

그렇게 질문하는 것이다. 남자 친구 있느냐, 여자 친구 있느냐 정도의 질문이다. 세월이 흘러 "아버지, 어머니가 배우자를 선택해줬기 때문에 내가 불행해졌다."라는 말을 결코 들어서는 안 된다. 그런 불행은 큰일이다. 과거 많은 대기업 총수들의 자녀들을 보아왔다. 기업 경영에 있어 총명하고 건강한 자손을 바라는 마음이 당연한 일이다. 아들딸 낳게 되면 머리도 좋아야 하고, 사업도 영위해야 하니 자녀의 삶에 무척이나 간섭하게 된다. 그런 간섭이 더러는 성공하기도 하고 실패하기도 한다. 나의 경우 내 자녀들에게 그 선택을 자유롭게 맡겼기 때문에 자신의 선택은 자신의 책임이 된다는 것을 가르칠 수 있었다.

과거 우리 부모님 세대는 교육도 제대로 못 받았다는 생각으로 인해 자식의 의사결정에 따르는 경우가 많았다. 나는 대학까지 나오고 나니 부모 세대와는 좀 다르다는 생각도 있긴 있었다. 그러나 내가 아는 한 사업체 여자 사장의 아버지와 인사를 나눌 일이 있었는데, 그분은 "난 아무것도 몰라요. 우리 여식이 다 알아서 해요."라고 말했다. 지혜로운 아버지였다. 딸에게 모든 것을 맡기는 것은 어떤 면에서는 위험할 수 있다. 그러나 그 선택이 실패하면 자녀는 그 선택의 책임이 자신에게 있음을 깨닫게 되는 것이다. 그것이 교육이다. 자율의 사랑이다.

내 나이가 90쯤 됐을 때, 나이가 들어가니 앞으로 외국 여행이 좀 어렵지 않겠는가 싶어서 두 달 동안 미국 캐나다 여행을 했다. 큰딸, 둘째 딸, 막내딸 세 녀석 모두 북미에 사니까 딸의 집에도 가보았다. 세 딸이 보름 정도 여행할 시간을 냈다.

"아버지, 옛날에는 미국에 자주 오셔도 일 끝나시면 바로 한국에 가시고는 했는데, 이번에는 우리 2주 정도 여행해요."

호텔에서 저녁을 먹고 커피를 마시고 있는데 막내딸이 말했다.

"아버지, 저는 요즘 엄마 생각을 많이 하는데요. 엄마가 조금만 지혜로웠으면 그렇게 고생을 안 하셨을 거예요."

"응?"

"아버지, 제가 여기 와서 아들 하나 딸 하나 둘 키우는 것도 이토록 고생하고 힘든데, 엄마는 그 전쟁 나고 어려운 시절에 왜 자식을 여섯씩이나 낳아서 키웠는지 모르겠어요. 조그만 지혜로웠으면 엄마 그렇게 고생 안 했을 거예요."

"엄마가 그렇게 고생을 안 했다면 너희들은 지금 여기

에 없다. 엄마가 그 고생을 안 했다면 다섯째, 여섯째 너희 둘은 여기에 없는 거야."

"엄마가 만약 살아 계시면 정말 고맙다고, 미안하다고 얘기라도 할 텐데. 철들고 나니까 엄마가 안 계시더라고요. 엄마는 왜 우리 같은 걸 낳아가지고 그 고생을 하셨나, 그런 생각을 했어요."

"네가 엄마에게 그때 그렇게 고생스러운데 힘들었냐고 물으면 엄마가 뭐라고 하실 것 같으냐? 엄마는 살아보니 너희들하고 고생할 때가 제일 행복했고, 그때가 다시 왔으면 좋겠다고 할 거야."

가난하다, 힘들다, 어렵다고 표현되던 시절이 있었다. 그때 사랑이 있었다. 그래서 그때가 제일 행복했던 것이다. 고생할 때 사랑을 함께하게 된다. 고생이 있는 그 사랑이 오늘의 우리를 존재하게 만드는 것이다.

가정에서 고생을 함께한 부부의 사랑은 그 어떤 행복과도 맞바꿀 수 없다. 고생을 함께한 사람, 그 자체가 행복인 것이다. 그것이 사랑이다.

자식이나 부부간에 나눈 사랑도 벗과의 사랑과 다르

지 않다는 게 나의 생각이다. 나의 벗 안병욱 교수와 김태길 교수와의 우정도 그렇다. 내가 왜 그토록 그들과 깊은 우정을 가지게 됐는지 생각해보면, 우리 세 교수가 민족과 국가를 위해서 애국심을 가지고 고생했던 사람들 중에 인격의 성장을 함께 나눈 사람들이었기 때문이다. 인격이 성장하는 동안 존경받게 됐고, 감사하게도 강원도 양구에 기념관도 설립하게 됐다. 김태길 교수는 고향이 충청도이니 먼저 그리로 돌아갔으나, 나와 안 교수는 고향이 북쪽이니까 나이 90이 넘어서도 돌아갈 곳이 없었다. 양구 기념관은 그런 의미로 설립되었다.

우리 세 친구는 서로 사랑을 주었다. 그런 사랑은 주변의 뿌리가 크다. 그러니까 사랑을 뿌리로 하는 나무에는 행복의 열매가 달린다. 사랑나무에 행복열매가 열린다.

2

인간으로서
더 좋은 장르를
개척하는 길

"내 걱정하지 말아요."

아내가 나를 사랑한 방식이었다.

남편을 통해 더 많은 사람들이 행복해지면 좋겠다는
신념을 그렇게 실현한 것이었다.

푸시킨과 연애지상주의

오래전 연애지상주의 시대의 낭만을 지나 이제는 연애의 주기가 좀 짧아졌다. 연애 기간도 그렇고, 변화의 주기도 그렇다. 예전에는 연애지상주의 때문에 목숨을 걸고 사랑을 했다. 지금은 그와는 좀 다른 것 같긴 하다. 사람의 사회적 조건이나 경제력 등 복잡한 배경도 고려하기 때문이다.

옛날에 연애를 할 때는 보통 두 가지 고민을 갖곤 했다. 양가 부모가 모두 허락하여 중매의 형태로 결혼을 시키면 남녀 간의 애정이 돈독하지 않으니 결혼 생활이 오래가지 못하는 경우가 많았다. 이런 방식으로 어린 나이에 결혼한 남녀 중 많은 학생들이 대학에 진학하기 시작하면서 친구들을 직접 사귀게 되면 '아, 나는 제대로 된 연애를 하지 못했구나!'라는 생각을 가지게 된 것이다. 제대로 된 연애를 하지 못했다는 인식은 큰 불행으로 여겨지게 됐다.

한국사 연구로 유명한 서울대학교 한우근 교수님이 생전에 나이가 여든쯤 가까워졌을 때 나를 포함해 안병욱 교수와 함께 여행을 간 일이 있었다. 그때 한 교수가 이런 얘기를 했다.

"난 평생 연애를 제대로 한 번도 못 해봤기 때문에 자네들이 부럽네."

그러자 안병욱 교수가 이런 얘기를 들려줬다.

"젊게 사는 방법이 세 가지 있어. 하나는 공부, 하나는 여행, 하나는 열심히 연애하는 것이지."

그러자 한우근 교수가 탄식했다.

"나는 제대로 된 연애를 해보지 못했어."

그러자 내가 물었다.

"안 교수는 그 세 가지 방법을 그리 잘 아는데도 왜 그리 늙었나?"

"그야 공부도 하고 여행도 마음대로 다녔는데, 이제 나이 드니까 연애할 상대가 없어서 그렇지."

그러니까 한우근 선생이 다시 묻는다.

"그래, 안 선생 왜 그리 늙었어?"

"요새 늙어서 연애를 못 해서 그렇다니까!"

"왜? 부인 무서워서 연애를 못 하는 거야?"

"이런 바보들을 봤나! 연애는 몰래 하는 것이지, 부인 무섭다고 못 하면 쓰나!"

모두 웃고 말았다.

안병욱 교수는 당시 광진구 워커힐 아파트에 살았는데, 일주일에 한 번씩은 오후에 한두 시간 정도 근처 워커힐 호텔 카페에서 커피를 마시며 손님들을 만나곤 했다. 자주 그곳에서 손님들을 만나다 보니 카페 직원이었던 아가씨와 오래 알고 지내며 벗과 같은 정이 들었다. 한번은 그 아가씨가 안 교수에게 가까이 왔다.

"선생님, 개인적인 말씀을 좀 드리고 싶은데요……."

안 교수는 젊은 아가씨가 뭔가 상의하려고 하니 어쩐지 모르게 설레는 마음을 가졌던 모양이었다. 무슨 얘기를 해야 하나 퍽이나 마음의 준비까지 하면서 다시 카페로 갔는데, 그날은 손님이 많아서 아무래도 시간이 안되겠다고 다음에 말씀드리겠다고 했다. 그렇게 일주일을 다시 마음을 졸이다가 카페로 갔는데, 드디어 아가씨가 얘기를 꺼냈다.

"선생님, 여쭤볼지 많이 망설였는데요. 결혼을 하게 되었는데 주례를 좀 부탁드릴 수 있을까 해서요."

아가씨는 그렇게 가버렸다.

안 교수는 이상하게 커피 맛이 뚝 떨어져버렸다. 그래, 어쩌겠는가. 주례해달라고 하니 주례를 서주어야지. 억지로 커피를 마시고 아차산 한 바퀴를 쭉 돌아오면서 생각이 들었다는 것이다.

'나이 여든이 되니 다 가고 나 혼자 남는구나!'

나이가 들어서 연애를 못 한다고 우스갯소리를 하는 안 교수의 그런 생각 속에는 우리 세대의 연애지상주의적인 정취가 들어 있다. 한우근 교수의 푸념도 마찬가지이다. 연애를 제대로 못 해본 게 인생의 손해라는 생각인 것이다. 나이 서른쯤 될 때까지 교수가 되기 위해서 학업에만 매진하다가 마흔이 될 때까지도 결혼을 못 했다. 우리 벗들도 한 교수를 결혼시켜보려고 열심히 알아봤지만 잘되지 않았다. 그래서 다들 큰일이라고 여기고 있었는데, 결국 사학과 제자와 결혼했다. 한 교수 생각에는 아내가 본래 제자였으니까 사제 관계밖에 없었던 것 같고 여성이라는 생각을 크게 해보지 못했다는 것이다. 마흔이 다 되어서 결혼하고 보니 자기는 결혼부터 먼저 한 셈이지, 연애부터 한 것이 아니라는 생각이었던 모양이다.

내가 일본에서 공부할 때 동경미술관 지하 식당에서 아르바이트를 한 적이 있다. 미술관에 전시회가 있을 때면 화가들도 많이 만날 수 있었다. 아리시마라고 하는 서양화의 대표적인 예술가가 있었다. 그 사람의 형 아리시마 다케오는 일본 귀족이었는데, 동북대 교수를 하던 문학가였다. 그 형제의 재미있는 연애지상주의 이야기가 있다.

화가인 동생이 불란서와 독일에 가서 미술 공부를 하고 있을 때였다. 동북대 교수인 형이 일본에서 유럽으로 여행을 하게 되어 동생의 거처로 가서 2주 정도 머물렀다. 머무는 동안 질타라는 독일 이름의 여자를 거기에서 만났다. 처음 만날 때부터 사랑에 빠지고 싶은, 사랑의 상대 같다는 느낌을 받았다. 형은 그녀에게 우리 일본에 한번 오지 않겠느냐고 권유했다. 그렇게 여인에게 다가가다가 이윽고 '내가 당신을 사랑한다고 하면 어떻겠느냐'라고 묻기에 이르렀다. 그러자 그 여자는 대답했다.

"약혼한 남자가 있어요. 곧 결혼해요. 그러니 2주 동안 우린 친구로 지내도록 해요."

보름 뒤에 일본으로 떠나면서 형은 여인에게 다시 당부했다.

"다른 건 아무것도 원하지 않으니, 일본에 꼭 한 번만 와줘요."

여인은 마지못해 대답했다.

"기회가 되면 꼭 한번 갈게요. 다시 만나요."

그렇게 헤어졌다. 하마터면 사랑으로 이어질 수도 있

을 인연이었다. 이를 뒤로하고 떠난 형은 동북대 교수로 지내면서 일본의 유명한 작가로 명성을 떨쳤다. 우리로 치면 당시 춘원 이광수와 비교할 만한 정도였다. 당시 우리나라에도 연애가 인생의 전부라는 문화적 시류가 없지 않아서, 한국의 춘원 이광수도 사랑하는 여성들이 많이 있었다. 일본 교수의 작품을 살펴보면 사랑이라는 것이 무엇인지 정말 깊이 알고 있는 사람이었다. 이 사람이 유명 작가가 된 이후에 여자 친구가 생겼는데 그녀는 결혼한 여자였다. 둘은 깊은 사랑에 빠졌다. 연애지상주의 시대였기 때문에 가능한 일이었는지도 모른다.

그러나 전국적으로 알려진 작가인데다 대학교수이고 상대방은 남편이 있는 여성이었으니, 어쩌겠는가. 자살해버렸다. 그것도 둘이 함께. 태평양 바다에 나가서 바다에 빠져 둘이 함께 자살한 것이다. 당시 일본 사회의 대단한 뉴스였다. 나는 그 교수의 작품이 좋아서 소설 한두 편을 읽은 적이 있었다. 그러다가 그가 도대체 왜 자살했을까 하는 의문 때문에 그 교수의 수상집을 하나 찾아 읽게 됐다. 읽다 보니 그 수상집에 이런 내용이 나

왔다.

성경(바이블)을 읽어보면 '태초에 말씀이 있었다.'라는 문장으로 시작된다. 나는 아주 오랫동안 그런 문제를 가지고 살아온 것 같다. 생각해보면 내 운명은 이제 바다나 강물에 떠 있는 잎사귀일 뿐이다. 파도가 치면 흘러가고 파도가 치면 흘러가는데, 그 파도가 치면 흘러가는 바닷물 위에 나무 잎사귀 같은 것이 하나 떠 있다. 내게 희망이 되고 의지할 수 있는 것은 없다. 기대하는 것도 없다. 나와 비슷한 또 한 장의 나뭇잎이 떠내려오다가 서로 만나는 것이다. 그 둘이 의지하며 사랑하고 있다가 어떤 파도가 철썩이면 그 속으로 사라져버리고 그렇게 끝나는 것이다.

여기에 종교적인 이야기도 조금 덧붙어 있었는데, 어쨌든 결국은 파도 속에 혼자 외롭게 떠 있는 자기 자신의 이야기였다. 친구도 있고 가족도 있겠으나 결국 나와 가장 가까이에 있을 단 하나의 존재는 사랑하는 여인이라는 얘기이다. 파도에 사라지고 말 그 여인 말이다. 그의 작품을 읽고 나니, 나는 그가 충분히 자살할 수 있었 겠다는 생각을 하게 됐다. 사랑이, 연애가 전부였기 때문 이다.

한국의 해방 전후이던가, 언제인가 나는 우연히 잡지 를 읽다가 그 교수 동생인 화가의 딸이 유럽을 갔다는 내용이 발견했다. 큰아버지가 자살하고 나중에 그 조카 딸이 유럽에 갔는데, 그곳에서 질타 여사를 만난 것이다. 질타 여사는 화가의 딸을 반갑게 맞아주었다. 그 질타 여사의 집에 갔더니 자기 큰아버지의 사진도 있고 또 일 본 소설책들도 있었다. 그 방 전체를 아리시마 교수의 것들로 꾸며 놓은 것이었다.

조카딸은 왜 그곳에 찾아갔을까. 질타 여사는 아리시 마 교수가 자살한 뒤 일본에 방문했다. 일본에 가서 아 무도 만나지 않고 장미 꽃다발을 만들어 자살한 아리시 마의 무덤에 찾아갔던 것이다. 그곳에 장미꽃을 바치고 돌아가려고 하는데 일본 기자들이 그녀의 행적을 알아 채고 수소문하기 시작했다. 기자가 질타 여사를 찾아와 왜 아리시마 교수의 무덤에까지 찾아왔느냐고 물으니,

질타 여사는 유럽에 교수가 왔을 때의 일화와 일본에 꼭한번 가겠다고 약속했던 이야기를 들려주었다. 그런데 교수가 세상을 떠나버렸다는 것을 알게 됐고, 그제야 약속을 지키기 위해서 꽃을 들고 오게 된 것이라는 이야기였다.

아리시마 교수의 조카딸은 큰아버지의 작품으로 가득한 질타 여사 집의 방을 바라보며 질타 여사가 어떻게 살아왔는지 질문했다. 질타 여사는 큰아버지와 만났던 당시 약혼을 했었으나 결국 파혼하고 혼자 살아왔던 것이다. 여사는 조카딸에게 말했다.

"당신 큰아버지는 정말 사랑하고 싶은 사람이었다. 그가 일본으로 떠나간 다음에도 정말 사랑하고 싶었다. 그가 유럽에 머무르는 2주 동안 나와는 친구로 지냈지만 우리 둘은 마음속에서 서로를 정말 사랑하고 싶다는 생각에 빠져 있었다. 내가 그렇게 사랑하고 싶은 사람이 따로 있는데 약혼하고 결혼하는 것이 마음에 도저히 받아들여지지 않았다. 그런데 그가 세상을 떠나버린 것이다. 나는 그와의 약속을 지켜야만 했다."

조카딸은 잡지의 기고에서 큰아버지와 질타 여사의 낭만에 대해 추억하고자 했을 것이다. 연애지상주의 시대, 우리 세대가 가진 특별한 정서였다.

그런데 많은 사람들이 여전히 부모가 결정해주는 결혼에 따르고 있었다. 나는 우리 아버지에게도 질문한 적이 있다.

"어머니 만날 때 언제 어떻게 만났어요?"

"만나기는. 결혼식 하는 날에 처음 봤지. 그땐 친구들도 다 그렇게 결혼했으니까."

무엇이 옳은가. 내가 살아보고 생각해보니 한때는 연애지상주의가 옳은지 옳지 않은지를 질문했었는데, 특정한 사랑의 형태를 표준이라고 삼아 평가할 수는 없는 노릇이다. 사랑은 사람의 선택이고 평가할 수는 없는 영역이다. 그럼 어떻게 바라봐야 하는가. 우리는 하나의 공동체에 산다는 점이다. 가정이나 직장이나 모두 하나의 공동체의 틀에서 살아가는데, 공동체에 주어진 질서를 무시하게 되면 나 자기밖에 모르게 되고, 그것이 자살에 이르게 되는 원인일 수 있다.

나는 이것을 러시아문학 속에서도 발견했다. 한때 러시아문학에 심취하여 러시아 작가들의 작품을 많이 찾아봤는데 제일 처음 접한 작가가 푸시킨이었다. 그는 좋은 작가가 되어 러시아문학을 이끌어갈 만한 선구자였는데 일찍 죽었다. 왜냐하면 그가 사랑하는 여자를 다른 남자가 사랑했기 때문이다. 러시아에서 시작된 연애지상주의는 일본으로도 흘러가고 우리나라로도 흘러왔는데, 그때 그런 흐름 속에서 두 남자가 한 여자를 사랑하게 되면 해결 방법은 뭐였을까? 격투였다. 권총으로 사람을 쏘는 방식이다.

푸시킨과 삼각관계인 남자는 군인이었다. 증인들을 세워 놓고 30m 정도의 거리에서 총을 발사한다. 푸시킨이 쏜 총은 군인에게 맞지 않고, 군인이 쏜 총은 푸시킨을 죽게 했다. 러시아 문학이 당대 사회에 기대하는 분위기는 사실 그것이 아니었다. 지금도 간혹 예술가들 가운데에서 연애지상주의를 표현하는 작가들이 있는데, 이는 옳다 그르다의 평가 대상이라기보다는 공동체라는 우리 사회 속에서 함께 할 수 있느냐는 보편성 확보가 중요한 문제일 것이다. 다른 모든 사람들이 나와 함께 살아도 괜찮겠는가의 문제 말이다.

연애가 얼마나 귀한지를 인정하는 것이 중요하다. 사랑해 본 사람은 다 아는 진실이다. 이것을 인정해야 하는데, 사회공동체의 질서 유지를 파괴하는 연애는 결국 불행으로도 이어지고, 사회가 인정해주지 않을 때 죽음을 선택하게 되는 것이다.

결국 한우근 교수가 그 시대에 연애도 못해보고 결혼한 것을 한탄하며 웃은 것은, 사랑이 예술이 되던 연애지상주의 시절의 단상이다. 유명 작가들의 작품도 그러한 감상이 주를 이루었고, 화가들에게는 모델들이 사랑의 대상이었다. 작품을 보게 되면 사랑이 들어가 있다는 것을 느낄 수 있기 때문이다. 젊었을 때 남녀 간의 사랑은 연애하는 감정 즉, 연정이다. 남녀 간 사랑이 어떤 면에서 좋은 방향이었고 왜 옳았는지를 평가하려면 결국 연애라는 것이 인격적으로 상당히 이기적인 본질을 가진 것임을 이해할 필요가 있다.

연정은 나를 위해서 사랑한다. 폐쇄적이고 소유한다.

그것이 연애의 감정인데 그 감정을 성숙하게 성장시켜야만 결혼과 가정에 이르게 되는 것이다. 연애라는 감정으로 시작해서 결혼하고 가정을 가지게 되면 그 연정이 비로소 애정으로 변하게 된다. 사랑하는 감정, 주고받는 책임감이 바로 그 애정이다. 그것이 바로 아들딸을 키워 세상에 내보내는 사랑의 근본이 된다.

그렇게 쉬운 일이 되어버린 사랑

　이혼이나 재혼 같은 혼인 문화의 변화 세태가 요즘에
는 흔한 예능프로그램으로 다뤄지는 시대이다. 사랑이
그렇게 쉬운 일이 되어버렸는데도 부부 간의 사랑을 잘
유지하는 것은 왜 어려울까.

　예로부터 우리 전통적인 가정은 결혼 문화를 상당히
소중히 여겨왔다. 젊은이들이 생각하면 예로부터의 우
리 결혼 문화는 형식과 인습에 붙잡혀 있는 격이다. 그
럴 수밖에 없는 것이, 옛날 사람들은 중매결혼을 했으니
절차가 기나길 수밖에 없었다. 또, 어느 사회에 가든 예

전에는 새로 태어나는 생명에 대한 관심과 사람이 죽는 시기에 대한 관심이 가장 컸다. 이런 세시 때문에 결혼은 아마 인류의 가장 중요한 전통이 됐을 것이다. 그런데 현대인에게는 그 형식이 너무 복잡하고 인습도 너무 오래됐다. 그래서 요즘은 불필요한 것을 간소화시키는 좋은 점이 있다. 문제는, 이 간소화되는 문화 속에서 결혼이라는 대상 자체까지 너무 쉽게 생각하게 되는 점이다. 가볍게 생각하니까 문제가 생기게 된다.

내가 오래 산 경험 덕분에 지금은 노인이 된 과거의 젊은이들이 예전에 어떠했는지를 기억하고 있는 것이, 요즘 젊은이들의 사랑에 도움이 될 만한 지적이 될지는 모르겠다.

1962년은 미국과 소련의 냉전시대였다. 어느 쪽 하나는 살아남고 다른 하나는 역사에서 사라질 것이라는 생각이 팽배했던 시대였는데, 그때 미국의 케네디 대통령이 냉전시대가 더 지속된다면 세계 제3차 대전으로 갈지도 모르니까 그런 사태를 방지하기 위해 젊은 세대들의 사고방식을 좀 바꿔주자는 주장을 했다. 그래서 생각해낸 방법이 바로 미국과 소련간 교환학생 제도였다. 미국의 대학생들 중에 교환학생을 선발해서 소련으로 보내고, 소련에 있는 대학생들을 미국으로 보내는 방식이었다.

그때 내가 미국에 있었다. 시카고 대학에서 연구하던 시절이었는데, 모스크바 대학에서 온 학생이 두셋인가 있었다. 얼핏 보기에도 교환학생 티가 나서 간단히 대화를 나눠보곤 했다. 1년이 지나자 양쪽으로 파견된 대학생들이 본국으로 되돌아갔다. 되돌아온 교환학생들은 보고대회를 한다. 미국 학생이 소련에 다녀와 보고를 하는데, 제일 뜻밖의 사건 두 가지가 보고되면서 미국 사회에 충격을 안겼다. 그 내용인즉슨, 세계의 많은 대학생들이 시험을 볼 때 부정행위 즉, 이른바 '커닝'을 한다는 소식이었다.

그 당시 사람들은 이탈리아 사람들이 그런 행위를 제일 잘할 것이라는 편견을 가지고 있었다. 그런데 미국 교환학생이 모스크바 대학에 가보니 이탈리아 사람들의 부정행위는 아무것도 아니라는 것이었다. 왜 모스크바 대학 시험 현장에서 학생들의 부정행위가 심각하게 나타났던 것일까? 그것은 교수와 학생 사이에 수업 관계나 방식의 문제에 원인이 있었다. 아주 오래된 옛날 방식으로 교수가 강의한 내용을 따로 보관해서 가지고 있다가 시험을 제출하는 식이었다는 것이다. 특히 교과서를 무조건 많이 암기한 사람이 답을 쓸 수 있는 구조였고, 사회과학 중심의 교육 체계 때문에 도저히 다 외울수 없는 분량이었다고 했다.

그 당시에 미국 대학은 이미 대화 위주의 강좌가 보편적이었다. 대화하고 질문하고, 대답하고 다시 질문하는 방식이었다. 무슨 문제가 생기면 학생이나 교수가 먼저 스스로 생각을 해낸 다음 대화를 하는 방식으로 풀어나가지, 교과서 몇 페이지에 답이 실려 있는 경우는 없다. 미국 대학생들이 그렇게 살다가 모스크바 대학에 가보니 모든 학업에 표준 교과서가 요구되고, 그러다 보면 암기가 우선시되고, 암기하다가 못하면 교과서를 부정행위의 수단으로 삼아서 답을 쓰고, 그 답으로 점수를 인정받는 식이었다. 어찌 보면 현재까지도 한국 사회에서 편성되고 있는 가장 간편한 출제 방식이자 평가 방식인 대학수학능력시험과도 교육 체계의 본질이 비슷하다고 할 수 있다.

재미있는 사실은 그 부정행위 방법 중 하나가 바로 쪽지 숨기기라는 것이었다. 학생들이 온몸에 쪽지를 너무 많이 숨기다 보니, 평가 문항를 접하게 되면 정답이 적힌 쪽지가 어디에 있는지 찾지를 못한다는 것이었다. 그래서 나중에는 쪽지 위치를 외워야 하는 지경인 것이다. 이 쪽지는 어떤 내용을 다루고 오른쪽 양말 밑에 있으며, 그다음 과목은 호주머니에, 이런 식이다. 그 정도는 보통의 축에도 들지 못한다는 얘기에 많은 사람들이 충격을 받았다.

당시 미국에서는 상상도 못할 학습 방식이었다. 내가 한 학기 동안 미국의 다른 대학에도 가 있었는데, 시험 현장은 늘 똑같다. 교수가 시험 문제를 출제하고 설명한 뒤에 질문을 받고 나면 연구실로 돌아간다. 교수가 돌아가 있으면 학생들이 답안을 쓰고, 시간이 다 되면 마지막 자리에 앉은 학생이 모두 걷어 교수님께 드린다. 그게 전부이다.

아무도 부정행위를 하지 않는다. 왜 그럴까? 교수가 학생을 믿어주는데 학생이 교수를 배신할 수 없기 때문이다. 게다가 서로 모두 서로가 친구이기 때문에 부정행위를 하는 것은 친구 간에도 배신이므로 친구끼리도 서로를 감독하지 않는다. 믿기 때문이다.

그 신뢰는 미국의 전반적인 신뢰 문화로 확장된다. 어떤 학생이 미래에 주지사나 대통령이나 정치인으로 출마할 때, 또는 사회의 구성원으로서 나설 때, 누군가 '나 저 사람과 동창인데 시험 볼 때 부정행위했던 친구'라고 고발할 일은 애초에 발생되지 않는다. 그러니 모스크바 대학에 갔던 교환학생이 충격을 받고 그 내용을 보고한 것은 이상할 것도 없었다.

교환학생의 두 번째 보고 내용은 더 놀라웠다. 모스크바 대학의 기숙사 이야기였다. 남학생 여학생의 기숙사 건물이 따로 있는데 남녀 간 서로의 기숙사에 방문하는 것이 전혀 제재되지 않는다는 것이었다. 미국 기숙사 문화에서는 허용되지 않는 것이었다. 한 달에 한두 번 기숙사 오픈하우스 데이에 서로 자유롭게 방문할 수 있는 시간이 주어진다. 오픈하우스 날에는 각 기숙사 동의 모든 방문이 활짝 열려 공개되고, 남학생과 여학생들이 자유롭게 오갈 수 있지만 건전하게 문화를 교류한다. 그런데 모스크바 대학의 기숙사는 언제든 닫힌 문 속으로 남녀 학생들이 오갈 수 있어서 학교생활이 매우 난잡하다는 뉴스였다. 그래서 미국에서 간 교환학생들이 직접적으로 묻기에는 무리가 있어 '요즘 낙태 수술의 비용이 얼마 정도 드는지'를 물었다고 한다.

당시 모스크바의 대학생들은 공산주의 유물사관 가치관에 젖어 있었다. 남녀 관계에서 제일 행복한 것은 서로 사랑하는 것이라는 생각이 팽배했다. 그런데 그 사랑이란 결혼이나 약혼 같은 제도보다는 서로 즐기는 유희적 비중을 크게 여겼다. 즐기고 곧 헤어지는 방식에서 가정의 개념이 도출되기 어려웠다. 반면 당시 미국은 남녀 간의 사랑을 인정해주었으나 일단 결혼을 하게 되면 인간의 책임이 수반된다는 문화적 인식이 있었다. 나는 1962년과 1972년에 구라파 즉, 유럽 여행을 할 기회가 있었다. 호텔에서 조식을 먹으러 가면 미국 대학생들을 식당에서 만날 수 있었다. 부부도 아니고 남매도 아닌 것 같은 사람들에게는 물어보았다.

"결혼한 부부인가요?"

"아니에요."

"그런데 왜 이렇게 같이 여행을 다니나요?"

"1년 정도 함께 여행을 다녀보고 마음이 잘 맞고 성격이 잘 맞으면 결혼할 거예요. 그렇지 않으면 우린 결혼하지 않을 거예요. 결혼의 전 단계인 거죠. 결혼을 신중하게 생각하거든요."

나의 이 옛 기억은 오늘날 우리에게 여러 의미를 준다. 몇 년 전 한국 사회에서는 지위가 높은 정치인이 여자 동료와의 구설수로 문제가 발생된 적이 있었다. 도덕성과 관련된 문제 제기였다. 지방 광역단체장도 비슷한 문제가 발생됐었다. 잘못의 내용이나 사실 여부를 모두 떠나서, 정치인에 대한 그런 문제 제기가 왜 사회적 이슈로 대두됐는지를 들여다보면 남녀 관계를 바라보는 우리 사회의 잠재적 인식 변화에 그 본질이 숨겨져 있다.

예전에 군대의 한 장군이 나를 찾아와 걱정거리를 털어놓은 적이 있다. 딸이 운동권 동아리에 들어가 활동하는데, 다른 건 괜찮지만 남녀 학생들이 한계를 넘어서면서 너무 자유롭게 연애하는 세태가 걱정스럽다는 것이었다. 아버지 눈에는 우리 사회의 운동권 학생들이 사회적으로 많은 역할을 해온 것과는 별개의 문제로, 결혼이라는 문화에 속박되지 않고 자유로운 연애 문화만 즐긴다는 염려였을 것이다.

미국은 어떠한가? 미국은 진정한 사랑을 중심에 놓는 책임 문화가 강하다. 남녀가 진정으로 사랑한다면 혼인의 형식 자체는 문제 삼지 않는다. 다만 대체로 결혼이라는 행위에 수반되는 책임을 중요시하는 문화이다. 선택한다면 그것은 나의 책임이라는 의식을 가지고 있다.

최근 많은 매체를 통해 접하는 현대인의 문화에는 사랑에 수반되는 책임 의식이 상당히 결여되어 있다. 결혼은 해도 그만, 안 해도 그만이라는 인식이 강하다. 내 인생과 인격을 걸고 사랑했는지에 대한 고민은 부족하다. 그 고민 뒤에 결혼하고, 그 결혼 뒤의 이혼이라면 문제

될 것이 없다.

진정한 사랑을 가지고 결혼했는가? 서로 인격적으로 존경함으로써 결혼했는가? 이 두 가지 질문은 결혼의 사회적 책임으로 연결된다. 진정한 사랑이 있었다면 이혼 역시 사회가 허락한다.

내가 아는 서울의 대형 교회 목사님은 부부 사이가 좋지 않아도 노력을 하다가 결국 이혼했다. 이혼하고 그 목사님이 미국으로 이동할 때 나와 미국에서 만난 일이 있다. 그 목사는 미국에서도 자신의 소임을 다해 목회 활동을 하면서 재혼에 이르렀다. 그런 결혼과 이혼 및 재혼의 과정을 우리 사회는 인정한다. 결혼 자체를 인격적 책임과 관계없이 다루면서 이혼에 앞장선다면 바람직하지 않다고 보는 것이다.

자녀를 낳은 다음 이혼하는 것은 공동체 사회 속에서 볼 때에 옳고 그름을 떠나 가장 가슴 아픈 일이다. 결론적으로 남녀 간의 사랑을 즐기는 것이 전부라고 여긴다면 그런 가슴 아픈 일이 계속되기 마련이다. 상대방의 인격을 다루지 않는 사랑은 가정적 행복을 짓밟기도 하고, 사랑을 하나의 수단으로 삼는다면 인격을 꺾어버리게 된다. 그런 선택에는 반드시 인생의 엄벌이 따르게된다.

이제는 서구 사회나 동양 사회나 초등학교 아이들과 인사를 나누다 보면 "너희 부모님 이혼했니?"라는 표현이 일반적인 질문이 됐다. 안 했다고 하면 서로 부러워하기도 하고, 했다고 답해서 특별할 것도 없을 정도로 이혼이 일반화됐기 때문이다. 그래서 이제는 아무것도 아니라고 생각하기도 한다. 사랑과 양심, 공동체 사회의 모범, 사회의 도덕적 기준보다는 개인의 선택이 중요시되기 때문일 것이다. 그러나 사회적 모범을 보여야 하는 리더들이 도덕적 기준 이하로 행동하는 것에 대해서는 사회가 반드시 배격하고 책임을 무는 기준을 보여줘야한다. 앞서 논한 위정자들에 대한 사회적 문제 제기는 반드시 잘못을 짚고 넘어가야 하고 공적으로 비난받아야 한다. 그것이 좋은 사회를 만들어가는 과정이다.

떠나간 후의 사랑

며칠 전 미국에 있는 외손주가 다녀갔다. 누가 강요하지도 않았는데 외손주는 하버드 대학에 진학했다. 자기가 들어가 있는 기숙사 방의 사진을 보여주었다. 손주의 여동생인 내 손녀딸이 오빠가 들어간 기숙사 방에 대해 자세히 설명을 해줬다. 기숙사 안에는 무엇 무엇이 있는지와 같은 얘기였다.

미국에서는 아들딸들을 키워서 대학에 입학시키고 나면 보통 기숙사에 들여보낸다. 학교 오픈하우스 날에는 아들딸들을 기숙사에 들여보내고서 부모는 슬프게 돌아오곤 한다. 이제는 남이 됐다고 여기는 것이다. 우리는 어떤가. 아들딸들을 결혼시켜놓고 나면 그때 보통 허전해한다. 아내도 예전에 딸을 시집보내고 나서 둘째 딸, 셋째 딸까지 시집보내고 나자 어디든 가서 혼자 실컷 돌아다니며 울고 왔으면 좋겠다고 말한 적이 있다. 그게 바로 떠나보냈다는 뜻이다.

미국의 부모들은 자식을 낳아서 기숙사에 보내놓고 올 때 남이 될 자식과 정을 떼는 의미로 운다. 자녀들도 대학 기숙사까지 가고 나면 그때부터는 독립된 존재로 살아가려고 하고 모르쇠로 일관할 때도 많다. 내 손주 녀석 중 하나는 고등학교 졸업후에 예일대에 진학했다. 내 딸은 부모로서 손주를 대학에 데려다주고 와서는 펑펑 울면서 왔다. 이제 떠났다는 의미였다.

첫 여름방학이 되자 내 딸은 손주 녀석이 집에 오라고 해도 안 올 것 같고 온다 해도 바로 떠날 것 같으니, 조금이라도 더 데리고 있고 싶었던 모양이었다. 그래서 할아버지인 나한테 연락해서는 하와이로 와서 한 일주일만 머물다 가라는 것이었다. 할아버지도 오시는데 너도 집으로 와서 일주일은 지내야 한다고 말하고 싶었을 것이다. 그래서 나는 "그러마." 하고 하와이로 갔다.

내 딸과 사위는 워싱턴 D.C.에서 하와이로, 나는 서울에서 하와이로, 손주 녀석은 예일대 기숙사에서 하와이로. 그렇게 모여서 일주일 동안 함께 지냈다. 그 일주일을 어찌나 즐겁게 보냈는지 모른다. 나는 서울로 돌아오고, 아들딸은 집으로 돌아가고, 아이는 다시 학교로 돌아갔다. 이때 우리 인생에서 아주 중요한 변화가 일어난다.

다 큰 아이들이 떠나고 부부만 남게 되면 비로소 그때 남녀 연애의 연정이 진정한 애정으로 변하게 된다. 이제는 정말 세상에 우리 둘밖에 없다는 사실을 깊이 공유하게 되는 것이다. 그리고 자녀를 완전히 결혼까지 시키고 나면 비로소 정말 부부 둘만 남는다. 그때는 애정이 인간애로 승화된다. 친구가 되는 것이다. 남녀의 연애로 시작된 연정의 부부는 애정의 과정을 거쳐 결국 벗이 되는 것이다.

그러면 마지막에 무엇이 가장 중요한가. 두 사람 가운데 누가 먼저 떠나느냐는 문제가 남는다. 남자가 먼저 가는 것이 좋다. 통계적으로도 그렇다. 남자들 스스로가 남자 먼저 떠나는 것이 좋다고 인정한다. 물론 여자들도 대체로 그렇게 인정한다.

숭실중고등학교 교장을 지낸 내 친구는 장로로 살다가 91세에 임종을 맞았다. 오래 살았다. 세브란스 병원에서 장례식을 하게 되어 찾아갔더니 방문자 중 누구도 슬퍼하는 사람은 하나도 없었다. 아흔이 넘어 떠나갔으니까 오래 잘 살았다고 찾아온 사람들이 웃고 떠들고 그러했다. 친구의 부인이 어디 있는지 물어 내가 찾아가서 만나봤다. 보내고 나니까 좀 섭섭하시고 허전하시냐고 물었더니 그래도 괜찮다고 했다. 왜냐하면 둘이 살다가 남편인 장로님을 먼저 보내고 아내가 남는 것이 좋지, 아내 없이 혼자 남아서는 갈 곳도 없고, 좋아하는 사람도 없을 것이며, 아들딸 집에 가서도 사랑받지 못할 것이니 남편 먼저 떠나보내놓고 가야겠다는 생각이었다고 했다. 먼저 보내고 나니 무거운 짐을 푼 것 같다고 했다.

나는 거꾸로 된 셈이다. 내 아내가 20여 년 병중에 있다가 떠나갔는데, 사람들은 나를 만나면 내가 대단한 큰

일을 한 줄 안다. 어떻게 병든 아내를 20년 넘게 돌봐주었느냐는 것이다. 내 제자들은 내 앞에서는 말하지 않았지만 자기들끼리 얘기하곤 했다. 우리 교수님 참 대단한 분이라고. 자기 남편은 내게 그렇게는 못 할 것이라고. 어쩌면 한 3년까지는 할 수 있을지 모르겠다면서……

그러나 막상 겪어보면 그게 인간이다. 옆집 이웃도 고통받는 일이 있으면 도와주는 것이 사람이다. 병원에 가면 병든 사람들을 많이 보는데, 나는 다른 점이 하나 있다. 오히려 아내에게 내가 고맙게 생각하는 것이다. 아내는 남편을 사랑하는 것이 남편이 사회적으로 많은 일을 하도록 하기 위함이라고 여겼다. 아내가 나를 사랑한 것이다. 아들딸들에게도 아버지 시간을 많이 빼앗지 말라고 타이르곤 했다. 워낙 일이 많기도 했거니와, 아내의 그 사랑은 연정이 애정으로, 애정이 인간애로 변화하는 그 자체였다.

가정이란 남녀의 사랑이 그 세 단계로 변화해가는 과정의 다른 말이다. 그리고 그 사랑, 가정의 목적이 되는 것은 가문이나 가세가 아니라 아들딸들을 키워서 사회에 나가 일하게 만드는 영광인 것이다. 자식을 키워서 사회에 나가 일하게 만드는 성공이야말로 가장 영광스러운 행복이다.

　나도 처음에는 이것을 모르고 살았다. 그런데 살아보고 나니 나도 모르게 잘한 일은 바로 자식을 키워 데리고 살지 않고 독립시킨 일이었다. 나는 아들을 결혼시킨 후에도 2년 이상을 같이 살지 않고 독립시켰다. 2년을 채 함께 안 지냈으니 며느리가 그리 힘들지는 않았을 것이다. 여기에는 나의 무슨 생각이 전제되어 있는가. 나는 지금도 우리 아들딸들을 만날 때, 내 걱정을 하지 말고 너희 아들딸들을 잘 키워서 사회로 내보내라는 당부를 먼저 한다.

　나는 이제 후손이 많다. 자식을 키워 사회에 내보내는 것은 우리 집안의 일종의 전통이 됐다. 아들딸들을 키울 때 아버지를 위해서, 어머니를 위해서, 가정을 위해서 키우지 말고 사회를 위해서 키우면 된다. 의사가 되든, 교수가 되든, 법관이 되든, 아이가 어렸을 때부터 '너는 어른이 되면 사회를 위해서 무엇을 해야 하는가'를 질문하게 하는 것이 좋다. 자녀를 그렇게 사랑으로 떠나보내는 가정. 이것이 개방된 가정이다.

이별에 대처하는 마음

죽음을 통해 맞이하는 사랑하는 사람과의 이별의 슬픔에도 지혜가 필요하다. 배우자와의 이별뿐만 아니라 부모님이 돌아가시는 일 등은 우리 모두가 예외 없이 거쳐야 하는 삶의 과정이다. 더러는 자식을 먼저 떠나보내는 사람들도 있다. 이런 슬픔을 어떻게 극복해야 하겠는가. 사람의 마음속에는 이별에 대한 잠재적인 두려움이 늘 있기 마련이다.

예전에 월남전 시절에 젊은 부부가 결혼한 뒤 남편이 베트남전쟁에 참전하게 되었다. 남편은 전사했다. 베트

남에서 사귀게 된 친구에게 남편은 죽어가며 부탁했다.

"내가 죽게 되면 유품들 다 가지고 미국으로 돌아가서 내 아내를 좀 만나주겠어? 그래서 내 마지막 소식을 좀 전해주어. 내가 전쟁에서 부상으로 죽게 된 사실을……."

절친했던 그 친구는 전쟁이 끝나자 미국으로 귀국하게 됐다. 전사한 친구의 부인에게 친구 소식을 알려야 했기에 직접 찾아가기 전 우선 편지로 연락을 취해 소식을 전했다. 그리고 얼마 뒤 실제로 그녀를 찾아가 만났고, 친구의 전사 과정 등에 대해 상세히 이야기를 했다. 아내는 남편의 사망 소식을 직접 전하겠다는 약속을 지켜준 남편의 친구에게 말할 수 없는 고마움을 느꼈고, 자신이 혼자가 됐다는 현실을 비로소 직시했다. 친구 역시 혼자 남게 된 부인의 모습을 보며, 자기 역시 친구를 영원히 잃어버렸다는 사실을 현실로 받아들이게 됐다. 사랑하는 존재가 비극적으로 떠나가고 나서 두 사람 모두 자기 자신만 덩그러니 혼자 세상에 남았다는 사실을 그때 서로를 만나서야 실감하게 된 것이다. 집으로 돌아간 친구는 곧 그녀와 다시 만났다. 그리고 결국 훗날 그

두 사람은 결혼에 이르게 됐다. 이 과정을 어떻게 해석할 수 있을까? 여러 의견이 있을 수 있다. 다양한 생각이 들기도 한다.

대체로 서양 사람들은 서구의 문화를 바탕으로 객관적인 문제의식을 갖는 경향이 있어서, 죽음을 통해 하나의 물리적 세계는 끝난다는 의식을 가지고 있는 경우가 많다. 그래서 객관적 사실을 현실로 받아들이고 인생의 새로운 출발 역시 새롭게 받아들이는 면이 강하다. 과거에 동양인들의 사고방식은 이와는 조금 달랐던 것 같다. 떠나간 사람과 죽어서도 만나게 될지 모른다는 윤회 사상도 있었고 다시 만날 때 어떻게 해야 하는가에 대해 고민하는 경향도 있었다.

죽음의 이쪽과 저쪽을 깨끗이 끊어내는 것이 이별의 슬픔을 극복하는 데에는 더 좋지 않을까 하는 생각이 든다.

과거에 한우근 교수가 나에게 자주 하는 말이 있었다.

미국 사람들은 마치 잡아먹힐 것 같이 친절하다가도, 한번 떠나가면 그만 돌아서버린다는 얘기였다. 그래서 나는 떠나가는 사람과는 끝내야지 어찌하랴 되물었다.

그러자 한 교수는, 우리 동양인들에 대한 얘기를 했다. 예전에는 우리네는 집에 손님이 왔다 가면 안녕히 가시라고 집 안에서도 인사하고, 대문 앞에 가서 다시 인사하고, 바깥문까지 나와 또다시 인사하곤 했다는 것이다. 사람을 그와 같이 친절하게 돌려보내고 나서도 우리는 과거에 매달려서 사는 경향이 있었다.

　더 좋은 미래, 더 좋은 장래를 위해서 생각해야 할 부분이 있다. 누군가 나를 떠나고 나면 떠난 사람과는 완전하게 분리돼야 하는 것이다. 나는 주변에서 교수들의 부인이나 목사님들의 사모님들을 자주 본다. 내가 교회에서 성장해왔으니 느끼는 바로는, 연세대학교 선후배 교수들을 포함해 많은 교수들의 부인들과 목사님들의 사모님들은 배우자가 사망하고 혼자 남게 되면 재혼을 하거나 새로운 남자 친구를 사귀어야겠다는 생각은 내면에서는 갖지만 그것을 외부에 말로 표현하지는 않는다. 배우자가 떠나고 3년쯤 지나게 되면 누군가를 그 이상으로 더 사랑할 수 있어야 한다. 그래야 더 행복한 장래를 이어갈 수 있기 때문이다. 그런데 목사님들의 사모님들, 교수들의 부인들은 혼자 살아야만 한다는 생각, 혼자 있어야만 한다는 부담을 가지고 있는 것 같다.

어느 것이 옳은지 그른지를 따질 수 있는 문제가 아니다. 내가 누구의 부인이었고 누구의 남편이었는가에 대한 문제가 아니라, 인간으로서 보다 좋은 미래, 더 나은 장르를 개척하는 길에 대한 방향성의 문제이다. 이혼을 하든 사별을 하든 사랑하는 사람을 떠나보내면서 이별하는 문제는 옳고 그름의 평가로 다뤄질 수 있는 문제가 아니다. 내가 지난 97세 때 KBS한국방송공사에서 한 프로그램을 녹화하는데 아나운서가 내게 물었다.

"교수님, 혼자 계시는데 여자 친구 생각은 안 하시는지요?"

내가 웃으면서 말했다.

"요새 너무 바빠서 생각은 못 하는데 1년 정도 있다가 내가 신문에 여자 친구를 기다린다는 광고를 한번 내볼까 하니 기다려봅시다."

농담 삼았던 이야기일 것이다.

이혼이나 사별로 인한 슬픔 그 자체는 문제가 될 수

있지만, 그 후의 더 좋은 미래와 더 나은 내 삶의 장르를 판단하는 것은 나와 공동체 모두를 위한 감사의 선택이 될 수 있다. 내 친구가 부인을 먼저 떠나보내고 혼자 남았다가 훗날 더욱 훌륭한 배우자를 만나서 가정을 이룬 적이 있다. 그는 다시 이룬 가정을 통해 사회의 가장 낮은 곳의 일을 도맡아 했고 그것은 공동체를 위한 도움의 선택이었던 됐다.

앞으로도 결혼하지 않는 사람들이 더 많이 늘어날 수도 있다. 내가 독일 프라이부르크 대학에 방문했을 때 한 저명한 교수를 만났는데, 그는 결혼하지 않겠다고 말했다. 그런데 여자 친구는 있었다. 그의 여자 친구는 다른 도시에서 문화 사업을 하고 있었고, 교수 역시 학교에서 중책을 맡은 교육자였다. 그러나 가정을 가지게 되면 너무 부담이 될 것 같다는 생각으로 둘은 친구처럼 지냈다. 그 교수는 내가 한국에서 왔으니 이야기를 나누다가, 여자 친구하고 일본 여행을 하고 한국에 들르게 되면 만나자는 약속도 했었다. 그들은 그때 크리스마스가 되면 함께 스위스 등지로 여행도 하곤 했다.

지금은 우리 주변에서도 그런 지성인들을 많이 볼 수 있다. 결혼이라는 절차를 떠나서, 남녀 간의 우정으로 사랑하는 사람들일 것이다. 물론 이런 사람들만 너무 많아진다면 인구가 많이 줄어들게 될 것이다. 그러나 요즘은 그런 방식으로 살고 싶어 하는 사람들이 많다는 것을 느낄 수 있다.

　예전에 안병욱 교수와 대화를 나누다가, 우리가 먼저 죽게 되면 모르지만 만약 아내가 먼저 떠나게 되면 어찌해야 할까에 대한 얘기를 한 적이 있었다. 혼자 남으면 재혼하겠다는 생각보다는 함께 일할 수 있는 여자 친구가 있었으면 좋겠다는 의견이 일치했다. 그런 관계는 옛날에 독일에서 내가 만났던 그 교수처럼 남녀 간의 우정을 바탕으로 나누는 사랑의 형태일 것이다. 진보적이고도 발전적인 남녀 관계를 통해 더 행복해지고자 하는 우리 공동체의 변화일지도 모른다.

공동체의 사랑

사회에 봉사하는 사람으로 살겠다고 청소년기에 결심하고 난 뒤 나는 평생 그 마음가짐으로 살아왔다. 대가 없이 주는 마음을 어떻게 지금까지 잘 유지해올 수 있었을까. 공동체에 대한 사랑 때문이었던 것 같다. 베푸는 마음이었다. 부자가 되고 명예를 얻어도 정신적 이기주의로는 사랑을 일구기 어렵다. 정신적 이기주의자는 모든 것을 자기 것이라고만 알기 때문에 사랑을 모른다. 마음의 문을 여는 것이 사랑이기 때문이다. 마음을 열고 난 그다음에야 사랑을 주고받는 단계에 이를 수 있다.

인격이 훨씬 높은 위치까지 성장한 사람들 중에 예전에 내가 만난 도산 안창호 선생 같은 분에게는 가정보다 민족과 국가가 우선이었기 때문에 사랑을 베푸는 일도 공동체를 위한 일이었다. 일제강점기를 거쳐 공산주의 사회에서 살아본 경험도 있는 나는 불행한 사회일수록 선구자의 존재가 왜 중요한지 생각하게 된다.

지도자는 공동체의 안정을 위해 베푸는 정신을 가져야 한다. 후진국이나 자유가 없는 사회에 이기주의자가 더 많다는 불행함을 나는 정확히 기억하고 있다. 큰 범주에서 보자면, 자유가 허락되지 않은 사회일수록 이기적인 가치관을 가진 사회라고 볼 수 있고, 그런 사회일수록 베푸는 사람이 존재하기 어렵다. 반면 공존의 가치관을 가진 자유로운 사회에는 베푸는 사람이 많다. 다른 사람에게 베푸는 사람이 많은 사회일수록 희생이 가능해진다. 희생은 곧 사랑이다. 이것이 공동체의 사랑이다. 그런 공동체의 사랑이 넘치게 되면 개인의 자리에도 사랑이 흐르게 된다. 이런 사회를 수립하기 위해서는 문화, 종교, 경제 등을 다루는 가치관에 있어 지도자가 올바른 방향으로 존재해야 하는 것이 필수적인 전제 조건이다. 공동체의 사랑이 무엇인지 아는 사람은 베푸는 것의 의미를 안다. 이기적인 지도자는 베풀 수 없다. 사랑을 알고 베푸는 지도자는 반드시 사랑이라는 대가를 받게 된다.

사람들이 내게 인사를 할 때, 가끔 쑥스러우면 120세까지 살라고 덕담을 해준다. 그러면 나는 마음속으로 생각한다. 인간이 120세까지 사는 과정에서 병든 몸을 다루는 일이 얼마나 힘든데 그리 살라 하는가 생각하는 것이다. 그런데 간혹 "저희들과 함께 오래 있어주세요."라든지 "저희들을 위해서 좀 더 오래 수고해주세요."라고 말하는 사람들이 있다. 이런 인사를 들을 때 나는 정말 오래 살고 싶다는 생각을 하게 된다. 남의 사랑을 빼앗지 않고, 남의 물질을 빼앗지 않고 함께해주는 수고를 통해 공동체적 사랑을 이룩하는 것만큼 삶의 커다란 원동력은 없는 것이다.

내 아내는 오랜 시간 병중에 있었다. 대체로 환자들은 배우자에게 옆에 머물러달라거나 도와달라는 부탁을 많이 하게 되고, 이것이 충족되지 않을 때 불만을 갖기도 한다. 그런데 병중의 아내가 먼저 떠났는데도 불구하고 나는 평생 동안 사랑을 받았다는 기억밖에 없다. 아내가 나를 정말 사랑했다는 걸 깨달았기 때문이다. 내가 강연이 있어서 멀리 다녀오느라 늦게 돌아올 것이니 미안하다고 말을 하면 아내는 항상 말했다.

"내 걱정 하지 말아요."

아내가 나를 사랑하는 방식이었다. 남편을 통해 더 많은 사람들이 행복해지면 좋겠다는 신념을 그렇게 실현한 것이었다. 결혼할 때부터 이어진 아내의 사랑이었다. 아내가 내게 준 사랑은 그렇게 평생의 사랑이 되었다.

아내와 나는 일제강점기를 거쳐 해방과 전쟁의 시간을 모두 거치면서 아이 여섯을 낳았다. 아이들은 내게 뭐하러 그렇게 여섯씩이나 자식을 낳아가지고 고생을 했느냐고 핀잔을 주곤 한다. 자기들 같으면 그런 고생은 안 할 것이라면서 말이다. 우리 사는 동안에 언제가 제일 행복했느냐고 물으면 아내가 뭐라고 대답할지 나는 알고 있다. 아내는 분명히 나와 아이들과 고생했던 그때가 제일 행복했다고 말할 것이다. 그리고 그때로 또다시 돌아간다고 해도 그렇게 사랑할 것임을 나는 알고 있다.

아내는 우리 가족을 위해서 말할 수 없는 고생을 했다. 함께 자식을 키워보며 그 고생을 나는 함께 느낄 수 있었다. 그것은 공감이었다. 우리 인생은 언제 제일 행복한 것인지 사람들은 나에게 자주 물어본다. 그러면 나는 대답한다.

"인생에서 가장 행복한 시간은 함께 사는 동안 함께 고생하는 것을 공감하는 순간입니다."

김동길 교수가 생전에 나와 옆집에 사는 이웃이었다. 김동길 선생은 옆집에 살면서 나와 많은 것을 함께하곤 했다. 군사 정권 시절 그가 감옥에 다녀왔을 때 내가 그를 찾아가서 인사했다. 김 교수를 안아주면서 인사할 때 우리가 그토록 정이 깊은 벗이라는 것을 공감하게 됐다. 그것은 나도 해야 할 고생을 그가 대신해주었다는 감사의 마음이기도 했다. 우리는 깊이 공감했다. 그런 사랑이 있는 고생을 함께 나눈다는 것을 발견하는 그 순간이 인생에서 가장 행복하다는 것을.

아내와의 사랑, 동료 교수와의 사랑이 내 개인의 사랑에서 멈추지 않고 공동체의 사랑이 된 것은 그들이 나를 사랑해주었기 때문이다. 그것이 공동체의 사랑으로 실현되었다. 아내가 나를 사랑하는 방식은 나를 통해 더 많은 사람들이 행복해지도록 만드는 것이었다. 옆집에 살던 동료 교수가 감옥에 다녀와 나와 포옹을 했던 것은 내가 짊어져야 할 시대의 짐을 그가 대신 짊어져주는 방식으로 실현된 공동체의 사랑이었다. 이것은 모두 감사의 의미로 기억되는 나의 이야기이다.

3

찬란한
새벽을
향하여

"그녀의 주장에 일리가 있어."

"그렇게 살면 더 피곤하지 않을까?"

서로 그리워하고 사랑하도록 되어 있는 것이
인간의 현실이다.

괴테가 사랑의 시로 영원을 산 이유

이 책을 읽는 독자들에게 성실이 왜 우리 삶에 필요한 사랑의 중요한 조건인지를 전할 수 있으면 좋겠다는 생각을 한다. 악마도 성실한 사람은 유혹할 수 없고, 하느님도 성실한 인간은 버리지 않는다고 했기 때문이다. 성실은 경건한 마음과도 통하는 것인데, 그것은 믿음을 위한 정성 어린 노력이다.

일생을 성실하게 사는 사람이 있다면 그는 실패할 가능성의 거의 없으며 모든 일에 정성을 쏟는 사람은 누구보다도 인생을 알차게 살아가는 사람이다. 사람은 초등학교 시절 진실하게 자라나서 중고등학교 시절에는 열심히 공부를 한다. 요즘은 여성들도 군대에 가는 경우가 더러 있고, 남자들도 군대에 머물게 되면 누구보다도 노력하는 군인이 되라고 안내받는다. 이어서 학업 후 직업을 영위함에 있어서도 모든 일에 최선을 다하는 일꾼이 되어야 하는 것에 의심에 여지가 없다. 이렇게 사는 사람을 우리는 당연히 성실한 인생을 사는 사람이라고 말한다.

내가 아는 한 선배 교수는 죽을 때까지 책상 앞에 앉아 글을 쓰다가 죽었다. 생전에 특별히 남겨놓는 일이 없어도 "우리 선생님은 죽는 순간까지 공부를 하다가 죽었다."는 모범이라도 남기고 싶다는 것이 그의 생각이었다. 그렇다. 지성스러운 노력 이상으로 귀한 것이 어디에 있겠는가.

성실이란 거짓이 없음을 뜻한다. 오늘날 우리들의 사회는 거짓과 불신으로 가득 차 있다. 누구를 믿을 수 있을지 의심스럽고 사회질서와 방향까지도 떳떳하지 못한 실정이다. 그러나 우리는 언제 어디에서도 거짓이 있어서는 안 된다는 진실을 알고 있다. 거짓은 나를 속이는 것은 물론 상대방을 속이는 일에 그치지 않는다. 거짓은 또 다른 거짓과 불신을 만들어 결국은 우리 사회 전체를 흐린 연못으로 만들어버린다.

예전에 나와 한 시대를 함께 사셨던 도산 안창호 선생은 "죽더라도 거짓과는 짝하지 말자."라고 말씀하셨다. 그 말이 새삼 아쉽게 느껴지는 세상이다. 한 점의 거짓도 없이 살려는 마음의 자세가 성실의 길이다.

무엇보다도 성실은 겸손을 동반한다. 성실하다는 것은 항상 애써 선善과 진실을 추구해가는 마음의 상태를 말한다. 그러므로 보다 높고 귀한 것을 찾아 성장하려는 사람은 결코 교만해질 수 없다.

다른 사람이 나를 칭찬해줄수록 미안함을 느끼며, 다른 사람들의 찬사를 받을수록 더 높은 뜻에 부응하지 못함을 죄송스럽게 생각하는 것이 중요하다. 어리석은 사람들은 하찮은 일을 하고도 그 일이 대단한 것으로 생각한다. 진실로 값진 일이 무엇인지 모르기 때문이다. 성실한 사람은 아무리 대단한 큰일을 했어도 그 일이 크다고 생각하지 않는다. 아직 해야 할 더 큰일들이 기다리고 있음을 잘 알고 있기 때문이다.

그래서 성실한 인간은 언제나 겸손해지며 자신과 사회에 대해 미안한 마음을 가지고 살게 된다. 가장 중요한 것은, 성실한 사람은 언제나 남을 나와 같이 위해주면서 살기 마련이라는 점이다. 성실은 자신에 있어서 뿐만 아니라 모든 인간을 대함에 있어서도 성실하다는 것을 뜻하기 때문이다.

남에게 대접을 받고자 원하는 대로 남을 대접하라는 말이 있다. 그것이 바로 사랑의 뜻이다. 성실이란 이웃에 대한 사랑과 위함을 가리킨다. 어떻게 하면 좀 더 친구와 이웃을 도울 수 있을까 하는 것이 아주 근본적인 성실의 마음인 것이다. 그래서 성실은 사람을 참되게 만들며 서로를 위해주는 사랑하는 사회를 육성해간다.

이렇게 본다면 성실이란 결국 가장 값진 사랑의 자세인 것이다. 우리 모두가 잃어버린 성실의 길로 다시 한번 돌아왔으면 좋겠다. 그것이 사랑의 뜻이기 때문이다.

젊다는 것은 긴 장래를 가지고 있다는 뜻이다. 어린이

들은 그보다 더 긴 미래를 갖고 있어도 그 미래의 뜻과 내용을 잘 모르기 때문에 젊음 이하에 머무르는 시기이다.

늙어간다는 것은 장래가 점점 짧아진다는 의미이다. 그러니까 죽음이 점점 가까워진다는 뜻이다.

그러면 장래는 미래와 똑같은 것일까? 아니다. 미래와 장래를 구별해야 하는 이유가 있다. 미래는 앞으로 있을 긴 시간 자체를 가리키지만, 장래는 우리가 채워나갈 수 있는 의지와 계획을 동반하는 미래이다.

동물은 미래를 모를 것이다. 철없는 사람은 미래를 막연하게 느낀다. 그러나 삶의 의미를 깨달아가는 사람은 미래를 계획하여 그것을 장래로 변화시킨다.

젊다는 것은 스스로를 창조해가며 건설할 수 있는 미래 즉, 기나긴 장래를 갖게 된다는 뜻이다. 여기에, 아무 목적이나 의도 없이 인생을 살아가는 20대의 젊은이가 있고, 큰 기대와 희망을 갖고 싸워가는 50대의 장년이 있다고 생각해보자. 과연 누가 젊게 사는 사람인가.

나의 이 당부는 장래를 설계하는 50대의 장년이 실제로는 젊음을 살아간다는 이론이 된다. 육체적 생존 기간만을 따진다면 코끼리나 거북은 인간보다 장수할지 모른다. 그렇다고 해서 짐승들이 더 값진 젊음을 누리는 것은 아니다. 젊음이란 연령으로 측정되는 것이 아니며 결국 '무엇을 위하여 어떻게 사는가?'의 문제이기 때문이다.

내 친구는 인도와 미국을 비교하면서 이렇게 말한 적이 있다.

"인도에 갔더니 젊은 늙은이들이 많은데, 미국에서는 늙은 젊은이들을 많이 볼 수 있었다."

젊더라도 기대와 희망이 없으면 늙음을 사는 것이며, 나이 들었더라도 계획과 정열을 갖고 산다면 젊음을 사는 결과가 된다.

이런 의미에서 나는 젊은이들에게 젊음을 질문하고 싶은 것이다. 사람간의 연령의 차이는 자연적으로 주어진 조건이기 때문에 크게 문제되지 않는다. 연령은 자연적인 시간 현상일 뿐이다. 그러나 인간은 역사적 시간과 더불어 삶을 살아가고 있다. 시간의 장단보다는 주어진 시간을 어떻게 사는지가 핵심이다.

즉, 젊음을 소유한다는 것은 연령과 무관하게 모든 점에서 긍정적이며 가능성을 굳혀갈 수 있다는 뜻이다. 자신과 주변의 문제들에 대하여 언제나 부정적으로 생각하며 가능성을 스스로 포기한다면 그는 이미 젊음을 상실한 사람이다.

우리는 주변에서 이런 질문을 하는 사람들을 흔하게 볼 수 있다.

"내가 할 수 있나?"

"그것이 될 리가 있나?"

"노력해봤자 헛수고라니까?"

이들에게 연령 여하를 물을 필요가 없다. 이미 젊음을 상실한 사람들이기 때문이다. 그렇다고 해서 만용을 앞세우라든지 자기 과신이나 망상에 빠져도 좋다는 얘기가 아니다.

자신이 처해 있는 현실 속에서 설계와 의도를 갖고 최선을 다한다면, 그 노력의 의미를 살릴 수 있는 삶을 펼치라는 뜻이다.

앞서 말한 선배 교수의 말은 이러한 것이었다.

"나는 그동안 여러 가지 애를 써보고 최선의 노력을 다했어도 별로 학문적으로 남긴 바가 없으니 어떻게 하나요. 이제 하나 남은 일은 죽는 순간까지 책상에 앉아 공부를 하다가 눈을 감는 일뿐이에요. 그러면 제자들이 '우리 선생은 공부를 하다가 세상을 떠났다.'는 교훈은 얻을 것이 아니겠어요?"

이렇게 알차게 사는 것이 젊음을 사는 것이다. 현재의 순간 속에서 최선을 다하는 사람이 역사적 시간을 영구히, 영원히 사는 결과를 낳는다.

젊다는 것은 용기와 더불어 꿈을 갖는다는 뜻이다. 젊음은 자연스럽게 용기를 동반한다. 그러나 정신적 꿈은 누구에게나 있는 것이 아니다. 특히 그 꿈이 나 자신만을 위한 나의 것이라면 누구나 다 가질 수 있다. 그러나 그 꿈이 사회와 더불어 그 이상의 목표에 있다면 우리는 그 꿈이 대단히 고귀하며 누구나 가질 수는 없다는 사실을 잘 알고 있다.

그렇다면 참다운 젊음이란 무엇인가. 내 뜻과 이상을 사회나 역사와 더불어 갖추고자 설계하는 것이 젊음이다. 이상과 사회적 꿈을 명분으로 인생을 즐기며 값지게 살 수만 있다면. 우리는 늙은 육신이라도 젊은 정신과 정열을 지니고 살게 된다. 간디 같은 사람이 그런 신념과 정열을 갖고 살았던 사람이다. 그래서 그는 어떤 젊은이들보다도 젊은 청년으로서 살았다.

철학자 괴테 역시 그렇게 살았다. 그는 죽을 때까지 자신이 늙었다는 생각을 전혀 하지 않았던 것 같다. 칠순을 맞으면서도 정열에 찬 사랑의 시를 쓸 수 있을 정도로 꿈과 낭만을 지니고 살았다.

가능하다면 모든 인습과 전통의 옷을 벗어버리고, 죽는 순간까지 사랑의 시로 가득한 젊음을 안고 살아가야 한다. 내세를 믿는 사람은 죽음을 새로운 탄생으로 맞이한다는 말이 있다.

영원을 산다는 것은 젊음을 산다는 뜻이다.

니체와 같은 실존주의적 사랑

살다 보면 삶에 대한 소극적인 생각이 회의로 변하고, 회의가 깊어지면 허무한 정서가 싹트게 된다. 인간은 원래 옛날부터 회의나 허무함에 대한 생각을 완전히 상실한 적이 없었다. 개인과 사회에 따라 그 가벼움과 무거움의 정도가 달랐을 뿐이다. 허무주의 시대라든가, 회의학파라는 말이 쓰였던 것도 그 당시의 시대적 풍조가 삶의 적극성과 건설적인 의욕을 잃고 있을 때였다. 비극의 시대라는 말이 통용된 적도 있었다. 시대가 바뀐 뒤로도 우리 주변에서 비슷한 정서적 풍조를 여전히 엿볼 수 있다.

어려움이 많으면 포기하게 되고, 무기력해지는 것이다.

때때로 젊은이들의 질문을 받는다. 20대 전후의 청소년들이 특히 많은 질문을 한다. 가끔 어떤 젊은이들은 인생은 무의미하며 허무한 것인데 도대체 무엇 때문에 애쓰고 노력할 필요가 있느냐고 묻는다. 이런 감상의 깊이가 심화되면 남녀를 불문하고 마치 죽음을 눈앞에 놓고 있는 것처럼 말하기도 한다.

누구나 그런 질문을 던질 수 있다. 그러나 해답을 얻긴 매우 어렵다. 많이 살아온 사람들도 그런 과거를 경험했었기 때문에 대답할 자신을 잃는 경우가 많고, 이야기를 해봐도 젊은이들에게 먹히지 않을 것이라는 생각을 하기도 한다. 인생이라는 것은 고정된 이론으로 움직이는 것이 아니며, 사람은 누구나 각자의 문제를 제각기 갖고 있기 때문이다.

나는 허무함에 대한 질문을 받을 때 내 나름대로의 몇 가지 해답을 주기도 한다. 그때마다 꼭 짚어주는 중요한 내용이 있다.

대체로 인생은 허무한 것이다. 이것을 두고 인생이 무

의미하다고 생각하는 사람은 삶에 대한 성실성을 잃을 위험이 높다. 쉽게 말하면 게으른 사람이 될 수도 있다는 얘기다. 마라톤 경기를 열심히 뛰고 있는 사람에게 우리는 "힘든데 도대체 왜 뛰는가?" 또는 "뛰어봤자 주어지는 것이 무엇이 있단 말인가?"라고 질문하지 않는다. 뛰지 않는 사람, 또는 뛰기 싫은 사람들이 주로 그런 생각을 한다.

인생에 있어서도 마찬가지이다. 의외로 성실성이 없거나 게으른 사람들이 부정적이며 회의적인 질문을 함으로써 자신의 무성의와 게으름을 감싸보려는 태도를 취하는 경우가 많다. 그것이 결국은 허무와 회의로 기울어지게 된다. 열심히 일하는 성실한 젊은이들에게는 그런 자세가 거의 없다. 따라서 삶의 성공을 믿거나 성공의 가능성을 신뢰하고 사는 사람은 회의감이나 허무함에 대해 함부로 말하지 않는다. 인생의 경기에서 뒤처졌거나 낙오자가 된 사람들이 자기변명의 수단으로 삼는 허무주의를 특히 경계해야 하는 이유이다.

인생의 과정 속에 의미가 있다는 사실을 모르는 사람

들도 있다. 인생은 순간이 과정이면서 동시에 목적이다. 미래를 위해 현재를 포기하는 어리석음을 범하면 안 된다. 마찬가지로 먼 훗날에는 아무것도 없지 않느냐는 생각 때문에 현재를 무無로 돌리게 되면 우리는 인생을 살 자격을 잃는 것이다. 오늘은 오늘의 의미가 있고, 내일은 또 내일의 의미가 있다. 그래서 최선을 다하는 삶 자체가 목적이며 인생의 내용인 것이다.

공자도 오십 세가 넘어서야 천명을 깨달았다고 고백했다. 어떤 젊은이들은 20년밖에 살아보지 않고 마치 공자보다도 더 높은 위치에서 인생을 말하는 것 같은 태도를 취하기도 한다. 20대를 진실하게 산 사람이 30대의 가치를 알게 되며, 30대에 최선을 다한 사람이 40대를 충실하게 살아갈 수 있다.

현재를 헛되이 살기 때문에 그 속에 움트고 있는 허무감을 일생에 걸친 것으로 여긴다든가, 나의 무성의에서 온 생의 허무감을 인간 전부의 것으로 보는 태도는 옳지 못하다.

그다음 문제가 남아 있다. 그것은 인간의 삶 자체가

사회적 유기성 및 인간의 관계성 속에서 이루어지고 있다는 사실이다. 연탄가스를 피워놓은 방 안에 문을 잠그고 앉아 있으면서 질식할 것 같은 죽음을 느끼며 삶의 의욕을 상실해간다면 누가 보아도 옳은 선택이 아니다. 먼저 문을 열고 밖으로 나와야 한다. 어떤 상황에서도 사람들과 대화하며 인간적 교류를 나눌 수 있어야 한다.

이것은 권유가 아니라 그렇게 해야만 하는 삶의 원칙이다. 그러므로 옛날부터 진정으로 누군가를 사랑했거나 무엇인가를 사랑한 사람은 회의와 허무를 말한 바가 없다. 안중근 의사가 허무주의자일 수 없었고, 간디가 회의주의자일 수 없었던 것과 마찬가지이다.

그 누구의 참사랑도 받을 수 없도록 마음의 문을 닫고 살면서, 또는 아무도 진심으로 사랑한 적도 없으면서 인생은 허무하다든가 삶의 의미는 찾을 곳이 없다는 생각을 갖는다면 그 책임은 다른 누구에게 있는 것이 아니라 나 자신에게 있을 뿐이다.

만약 위의 세 가지 원칙을 다 갖추고 있는 사람들이 회의감이나 허무함에 대해 이야기한다면 그것은 다른 차원의 문제이다. 그들은 죽음을 말하지도 않으며 감상적인 태도에 젖어들지도 않는다. 그들은 탐구자가 되며, 피상적으로 인생을 긍정하는 사람들보다도 더 깊은 사랑으로 생을 개척하는 개척자가 된다. 예전에 철학적 실존주의자들이 그러한 책임을 지고 있었다. 그래서 철학자 키르케고르는 신에 대한 믿음을 찾아갔고, 니체는 초인과 영구 회귀의 신념을 얻었던 것이다. 참다운 종교도인간의 그런 문제를 해결하기 위해 나타난 것이다. 우리모두 깊이 자성해봤으면 하는 내용이다.

사랑을 권하는 이유

케네디 대통령은 영화배우 게리 쿠퍼가 죽었을 때 "존경하는 친구의 서거를 애도한다."라고 진심으로 조의를 표명했다. 쿠퍼의 예술과 인격은 케네디 못지않게 미국 국민들의 존경과 사랑을 받고 있었기 때문이다. 만약 우리들도 인간이 기본적으로 평등하며 상하 관계 등은 일시적인 현상에 지나지 않는다고 인식한다면 역사와 사회의 성격도 크게 변화할 것이다.

일생을 좌우하는 가장 중요한 요소 중 하나는 각자가 지니고 있는 성격일 것이다. 인간은 누구나 성격의 열매를 거둔다고 봐도 과언이 아니다. 과거에 내가 교도소에 수감되어 있는 범죄자들을 만나고 나면 '사람은 대체로 자기 성격의 결과를 차지하는구나.'라는 생각을 자주 하곤 했다.

교육과 도덕 수준이 낮을수록 인간은 욕망의 본성에 붙잡히게 마련이다. 사과나무에는 사과가 열린다. 배나무에서 복숭아를 딸 수 있으리라고 생각해서는 안 된다. 그와 마찬가지로 인간은 각자가 자신의 성격을 따라 살아가게 된다. 대부분의 심리학자들이 성격을 바꿀 수 있다는 주장에는 쉽게 수긍하지 않는다. 성격은 바로 사람의 인간됨인 까닭이다.

그러면 이러한 성격은 어디에서 오는가. 반쯤은 태어날 때부터 지녀왔던 선천적인 유래성에 속할 것이다. 성격이 급한 사람은 어느 정도는 조절할 수는 있어도 그 성격 자체를 바꾸기는 거의 어렵다. '누가 염려한다고 해서 키를 한 뼘이나 더 크게 할 수 있겠는가.' 같은 교훈을 얻는 이유이다. 조부모와 부모의 성격을 자녀들이 어느 정도는 물려받게 된다. 물려받은 그 성격을 아예 바꾸는 것은 매우 어렵다.

성격의 또 다른 일면은 후천성이다. 대체로 후천적인 성격은 비교적 일찍 형성된다고 알려져 있다. 그래서 청년기 교육보다는 소년기 교육이 성격 형성에 더 중요하며, 소년기보다는 유년기 교육이 더 중요하다고 학자들은 말한다. 성격 형성은 어렸을 때 결정된다고 보기 때문이다. 지식을 쌓거나 소질을 연마하는 일은 그 후에도 계속할 수 있다. 그러나 성격은 일찍부터 굳어져간다고 보는 경향이 강하다.

이런 개념이 우리를 퍽 우울한 기분에 빠지게 할 때가 있다. '나의 성격과 더불어 내 운명은 이미 결정돼버린 것이 아니었을까?' 이런 상념 때문이다. 그런 상념이 결코 과장된 생각은 아니다.

유년 시절에 바람직하지 않은 거친 환경에서 성장한 사람은 성인이 되어 어디에 가든지 트러블 메이커라고 불리는 문제적 인물이 되기 쉬우며, 부드러운 환경에서 성장한 사람들로서는 상상할 수 없는 극단적 사고와 행동을 취하는 경우가 있다.

내가 아는 교육자 한 분은 교사를 채용할 때 채용될 대상자의 청소년기 성장과정을 반드시 알아보곤 했다. 거칠고 모진 환경에서 성장한 사람은 성인이 되어 직장에서 크고 작은 사건을 유발하는 경우를 자주 보았던 경험 때문일 것이다. 채용할 때 자기소개서 등을 통해 살아온 환경을 질문하는 이유도 거기에 있다.

요즘도 성장 과정에서의 환경적 요인이 인간성을 구축한다는 사실을 누구나 받아들이기 때문에, 인간의 개선이나 개혁이 불가능에 가까울 만큼 어려운 일이라는 점에는 이의가 거의 없다. 역사적 인물들을 살펴보았을 때도 그렇다. 악의 주인공은 어디에 가도 악을 도모하며 모략과 술책을 쓰는 사람은 어느 사회에 가서도 같은 일을 되풀이하곤 한다. 그래서 말썽을 만드는 사람은 항상 사고를 유발하다가 일생을 끝낸다는 특성을 역사 속 인물들을 통해서도 쉽게 알 수 있다.

내가 아는 존경받는 교수가 있었다. 누구에게나 학문적으로 높이 평가받는 교수였다. 그러나 그에게는 가까이 지내지 않으면 모르는 단점이 있었다. 다른 사람의 의견을 비꼬거나 꺾어버리는 습관이 있었다. 심지어는 회의에서 모두가 선의로 결정지은 사실도 반드시 한 번은 부정적으로 비판해보아야 직성이 풀리는 면이 있었다. 그를 처음 대하는 사람들은 그런 단점을 의아하게 생각했다. 도저히 그럴 것 같지 않은 인품으로 보이기 때문이다. 그러나 그의 친구들은 그의 그런 태도를 잘 이해하고 있다. 왜냐하면 그는 일찍부터 새어머니 슬하에서 자라는 동안 부정적으로 생각하는 성향을 갖게 됐기 때문에, 예순이 넘은 나이에도 그렇게 구축된 부정적인 성향이 계속 나타나는 것이었다. 이건 누구에게나 일어날 수 있는 일이다.

그래서 요즘에는 어린 아기에게 젖을 먹일 때도 너무 시간을 규칙적으로 재지 말라고 권유하기도 한다. 너무 정해진 기준대로만 실행하면 아이가 규칙적인 사고밖에는 갖지 못하게 된다는 것이다.

우리들의 성격이 이렇게 선천적이고도 유전적이거나, 또는 어렸을 때 자기도 모르게 굳어져버리고 마는 것이라면 우리가 해야 할 일은 과연 무엇일까? 교육은 어디에서 그 보람을 찾게 되는 것이며, 도덕과 윤리는 어떻게 선한 인간을 만들어낼 수 있는가. 그리고 사회적인 개선은 더욱 어려워지는 것이 아닌가. 결국 인간은 주어지는 성격의 운명에 따라야 한다는 결론에 이르는 것인지 질문하지 않을 수 없다. 이에 대하여 우리는 어떤 해답을 얻을 수 있는가.

물론 우리는 타고난 성격을 완전히 바꿀 수는 없다. 그러나 동쪽을 향해 가던 사람이 처음에는 눈에 띄지 않을 정도로 방향을 남쪽으로 바꾸다가 그 길이 멀어지고 시간이 걸리게 된다면 그는 자신도 모르는 동안에 남쪽을 향해 걷고 있는 자신을 발견하게 된다. 그가 결국 도달하는 곳은 동쪽이 아닌 남쪽의 목표로 바뀌게 된다.

우리는 인생의 선택에 있어서도 비슷한 결과를 얻을 수 있다고 믿는다. 나는 가난하게 자랐다. 어린 시절 대부분의 친구들이 가난한 사람들이었다. 머리가 좋고 똑똑한 친구들이 많았기 때문에 언제나 사회에 대해 비판적이었다. 세상을 비딱한 시선으로도 바라보기도 했고, 온갖 문제에 대한 탓을 다른 사람들의 책임으로 돌리기

도 했다. 자연히 나도 그중의 한 사람이 되었다. 각박해
졌고, 예리하게 부정했으며, 어느 정도는 투쟁적이기도
했다.

그렇게 살던 나에게 한 친구가 생겼다. 경제적으로 여
유가 있고 귀족적인 가정에서 자란 친구였다. 이른바 양
반 기질의 성격도 상당히 갖춘 친구였다. 그는 세상을
모질게 바라보지 않으며 모든 일의 책임이 자신에게도
있음을 인정하면서 살았다. 다른 사람을 거칠게 대하는
일이 결코 없었다.

그와 사귀고 있는 동안에 나는 점점 나 자신의 단점을
발견하기 시작했다. 인간은 누구나 장점과 단점을 동시
에 갖고 있으며 좋은 점은 서로가 배워야 한다고 느끼기
시작했다. 그 뒤 나는 그 친구의 도움과 영향을 적지 않
게 받았다. 그러는 동안에 사물을 보는 나의 태도와 성
격에도 적지 않은 변화가 생기게 됐다.

지금도 나는 그 과정에서의 나의 작은 선택과 방향 전
환이 크게 눈에 띄지는 않았으나 나에게 적지 않은 변화
를 일으켜준 것으로 믿고 있다. 인간은 동물과 다르다.

동물에게는 선택이 없다. 그러나 인간의 특성은 언제나 계속해서 선택을 한다는 데 있다. 이때의 선택의 결과가 다른 인생을 가져온다고 해서 그게 무슨 잘못이겠는가.

그렇다면 교육이나 도덕이란 무엇을 뜻하는가. 바르고 값진 선택을 할 수 있도록 뒷받침해주는 것이 교육과 도덕의 역할이다. 조금씩 남쪽으로 방향을 바꾸는 사람이 결국에는 동에서 남으로 갈 수 있듯이, 조금씩이라도 선(善)과 가치 있는 삶을 선택하기 시작하면 그는 언젠가 자신도 모르게 값지고 선한 생활을 사랑할 수 있게 된다.

만일 우리가 "인생은 성격이다."라고 단언할 수 있다면 그와 똑같은 비중을 가지고 "인생은 선택이다."라고도 말할 수 있어야 한다. 인간은 선택에 의해 새로워질 수 있으며, 무엇을 선택하는지가 어떤 인생을 사는지로 통할 수 있다. 공자도 거듭 악을 택했다면 저주스러운 일생을 살았을 것이다. 가룟 유다도 애써 선(善)을 따랐다면 스승을 팔아 죽음에 넘기는 과오는 범하지 않았을 것이다.

성격은 결정적이며 누구도 어떻게 할 수 없는 것인가.

결국은 삶이란 성격과 더불어 운명적으로 결정되어진 것인가. 우리는 반드시 그렇다고만 생각하지 않아도 된다. 사람들은 자신이나 인간 문제를 생각할 때 언제나 닫혀 있는 개인만을 생각한다. 그것은 마치 집 안에서 모든 문제를 해결하고자 노력하는 나머지 문 밖이나 대문 밖에서 더 크고 값진 문제의 결실을 얻을 수 있다는 사실을 모르는 것같이 불행한 생각이다.

인간은 태어날 때부터 사회적 존재로 출발했다. 그러므로 모든 개인의 생존과 삶의 내용은 혼자서 만들어가는 것이 아니다. 나는 언제나 사회와 더불어 이루어지고 있으며 다른 사람과의 인격적 관계에서 새로운 삶을 계속해가도록 되어 있다.

삶 자체가 그렇기 때문에 우리들의 성격이나 인간됨도 누구와 어떻게 사귀는가, 어떤 사회에서 무슨 생각을 갖고 사는가에 따라 크게 변할 수 있다. 밝고 명랑한 성격으로 태어난 사람도 우울하고 비참한 현실 속에 오래 머물게 만들면 고독하고 우울한 인간이 된다. 반대로 우울하고 고독한 성격을 안고 태어난 사람도 밝고 명랑한 환경과 인간관계 속에서 오래 일하게 되면 오히려 전자보다도 명랑하고 경쾌한 성격의 인간으로 변할 수 있다.

생명이 있는 만물은 신진대사를 계속한다. 그러면서 우리는 정신적 활동을 통해 무엇인가를 주고받도록 되어 있다. 친구, 가족, 이웃, 동료, 사회인들과 더불어 무엇인가를 주고받는 것이 오래 계속되는 동안 우리의 성격과 생활이 달라질 수 있다는 사실에는 의심의 여지가 없다.

오히려 고독한 인간은 정신적으로 병적으로 변해가며 자신만을 지키려는 사람은 비뚤어진 성격의 노예가 된다. 교만한 사람이 사회적으로 규탄을 받는 것은, 남과 주고받는 일을 정신적으로 수행하지 않기 때문이다. 우리는 생명이 위독할 때는 타인의 생명이라고 볼 수 있는 피까지 수혈한다. 그래서 그 육체적 수혈로 생명을 유지한다. 그렇다면 인간이 서로가 정신 및 인격적으로 사귐을 갖는 일은 당연한 것이며, 그 인격적 교류를 통해 성격적 변화와 인격의 성장을 가져온다는 사실은 지극히 당연한 이치가 아니겠는가.

따라서 우리는 자신의 성격을 탓하기 전에 이웃들과

더불어 선한 교류를 갖고 있는가를 질문해야 한다. 나는 성격이 나쁘기 때문에 어쩔 수 없다고 자포자기하지 말고 선한 친구와의 소통을 더 갖도록 노력해야 한다. 그것이 인생의 상도이며 아름답고 행복한 인생을 꾸려가는 첩경, 지름길인 것이다.

따라서 교육과 도덕이 우리에게 가르치는 가장 중요한 요구가 무엇인지 다시 물어야 한다. 어떻게 선하고 아름다운 인간관계를 갖도록 성장시키는가에 답이 있다.

그 처음 방법은 선한 대화에 있다. 인간은 대화가 없이는 살아가지 못한다. 그래서 어린아이들은 장난감을 가지고 놀 때 혼자서라도 대화를 한다. 그래야 생각이 진전된다. 어른들도 그렇다. 우리가 사색을 한다는 것은 자기 속에서 대화를 한다는 것과 통한다.

이제 이러한 대화를 친구, 이웃, 동료, 아는 사람들과 가지는 것이 사귐의 단계인 것이다. 그동안에 많은 것을 배우며 귀한 것을 아는 동시에 내 삶과 성격에 변화가 찾아온다. 옛날부터 '웅변은 은이고, 침묵은 금이다.'라는 말이 있다. 웅변은 대화가 아니다. 거짓된 과장과 주장이 대부분이다. 그럴 바에는 침묵이 더 좋을 수 있다. 그러나 선한 대화는 금강석과 같이 귀하다. 우리의 지식과 인품과 성격을 바꾸어줄 수 있기 때문이다.

성격을 변화시키는 두 번째는 사귐 즉, 교제하는 인간관계가 사랑에 존재한다는 점이다. 사랑은 대화보다 높은 차원을 갖는다. 대화는 지식이 중심이 된다. 그러나 사랑은 정서를 포함하며 인격적 접촉과 사귐을 가리킨다. 그러므로 한 번도 사랑을 받아보지 못했다든가, 사랑을 해본 경험이 없는 사람이 있다면 그는 진정한 인간의 구실과 인간 생활을 해보지 못했다는 결론에 이른다.

요즘 우리는 미혼 남녀들을 어디에서나 쉽게 볼 수 있다. 간혹 나이 든 사람들은 혼인하지 않는 젊은 세대를 놓고 어딘가 정상적이지 않은 면이 있는지 여기기도 한다. 꼭 남녀 간의 사랑은 없더라도 진정으로 누군가를 사랑하는 경험을 갖는 사람은 괜찮다. 그러나 사랑의 경험이 전혀 없는 이가 있다면 그는 인격적으로 원만한 인간이 되지 못할 것이라는 염려를 갖게 된다.

사랑을 주고받는다는 것은 인격과 인격의 교류이며

삶의 공동성을 말한다. 그러므로 사랑이 우리 인격의 변화를 가져오며, 그 인격의 변화가 성격의 개선을 동반하게 되는 것이다. 우리는 "사랑해보라. 새사람이 될 것이다."라는 말에 오류가 없다는 것을 안다.

간디 같은 사람은 자신의 고백대로 대단히 나약한 성격의 소유자였다. 그러나 인도를 생명보다도 더 귀하게 사랑하기 시작하면서부터는 세계에서 가장 강한 성격의 지도자로 변할 수 있었다. 만일 간디가 인도를 사랑한 경험이 없었다면 우리가 아는 간디는 존재하지 않았을 것이다.

그래서 성격 문제로 고민하는 사람이 있다면 값지고 고귀한 사랑을 하라고 권하고 싶다. 그 사랑이 새로운 인간과 고귀한 성격을 만들어주는 원동력이기 때문이다. 물은 고여 있으면 썩기 마련이다. 인간은 사귐이 없으면 병들게 된다. 이 사귐의 핵심이 되는 것이 바로 사랑이다.

사람들은 사랑이 창조의 원동력이라고 말한다. 이성 간의 사랑의 사귐이 새로운 생명을 탄생시키는 것도 같은 원리이다. 사랑하는 사람은 그 사랑 때문에 스스로의 인격과 성격을 새로이 창조해갈 수 있다. 사랑은 자기를 부정시키는 희생과 더불어 새로운 삶을 창조해내는 원동력이 된다.

이것은 무엇을 의미하는가. 어떤 성격을 가지고 있는지가 중요한 것이 아니다. 중요한 것은 어떤 삶을 살아가고 있는가 하는 사실이다. 우리는 과거로부터 어떤 성격을 가져오고 있는가에 지나치게 관심을 갖기보다는 앞으로 어떻게 살 것인가에 더 깊은 뜻을 쏟아야 한다. 그것이 우리로 하여금 새로운 삶을 살게 하여 더 좋은 성격과 인품을 만들어준다.

바른 선택, 선한 사귐, 인격적인 사랑을 강조하는 이유가 여기에 있다. 물론 노력한다고 해서 사과나무가 복숭아나무가 되며 배나무에 사과가 달릴 수는 없다. 그러나 좋은 사과를 많이 맺을 수도 있고, 먹을 수 없는 능금을 맺는 사과나무로 변할 수도 있다. 그렇다면 선택과 노력과 사귐에 의해 훌륭한 사과를 많이 맺도록 하는 것은 우리의 책임이 아니겠는가.

지금 여기에 성격 문제를 논한다고 해서 모든 사람이 다 같은 성격을 가져야 한다는 뜻은 결코 아니다. 인간의 성격은 그의 인격과 더불어 고귀한 개성으로 성장하지 않으면 안 된다. 개성이란 그 사람만이 지니고 있으며, 다른 사람과는 구별되는 성격의 특수성을 말한다. 그러므로 자아가 강한 사람일수록 강한 개성을 지니고 그 개성에 따른 활동과 업적이 우리의 삶과 사회에 더 큰 기여를 하게 된다.

인류와 역사에 공헌한 훌륭한 인물들은 대개가 뚜렷하고 확실한 개성을 지녔던 인물들이다. 그러므로 우리는 성격의 약점이나 단점을 개선해가되 자신의 개성을 강하고 귀하게 살려가는 노력도 소홀히 해서는 안 된다. 나의 개성과 소질도 하늘이 준 것이므로 개인의 선한 개성을 무시하는 환경이나 사회가 되어서는 안 된다.

개성이란 어떤 것인가. 우리 모두가 지니고 있는 인격 위에 자신이 가진 뚜렷한 특성과 능력을 갖추고 있음이다. 병든 인격이나 결핍된 성격, 비뚤어진 성품을 말하는 것이 아니다. 갖추어야 할 인격과 지녀야 할 소양을 남과 같이 소유하고 있으면서도 다른 사람이나 사회에 기여할 수 있는 독특한 특성과 능력을 가졌을 때, 우리는 그를 가리켜 개성이 있는, 개성이 뚜렷한 사람이라고 부른다.

따라서 성격에 대한 소극적인 생각에 치우쳐 개성을 소홀히 여기거나 자신의 자존감을 약화시켜서는 안 될 것이다.

한 가지 덧붙일 것이 있다. 성격 그 자체가 삶의 전부이거나 목적이 되지 않는다는 사실이다. 성격을 원만히 만들며 좋은 개성을 가꾸기 위해 사는 존재가 인간이라는 생각은, 용납될 수 있는 것 같으면서도 성숙한 생각은 아니다.

우리가 성격을 논하는 것은 보다 좋은 삶을 위해서이며, 그 삶은 또 어떤 목적을 위해서 존재하는 것이다. 다시 말해, 무엇을 위해서 어떻게 사는가에 큰 관심을 집중해야 한다. 그때의 생의 목적이 성격이나 인격보다 더 중요할 수 있다. 그것을 위해 우리가 살고 있기 때문이다.

돈을 위해서인가? 그렇지는 않다. 돈이 성격보다 귀하

거나 삶의 목적일 수는 없다. 그렇다면 명예나 지위도 마찬가지이다. 그 자체가 목적일 수는 없다. 그러면 무엇인가. 어떤 사람은 예술이나 학문이 될 것이라고 생각한다. 실제로 그렇게 사는 사람들도 있다. 그러나 누구나 다 그렇게 살라는 법은 없다.

그렇다면 우리 삶의 궁극적인 목적은 무엇인가. 물론 일차적 목적은 인격의 완성에 있다. 그러나 그 완성된 인격은 무엇을 위해 있겠는가. 그것은 또 다른 인격들을 위해 있으며 선하고 아름다운 인격의 왕국을 만드는 데 우리들 개인의 삶과 인격이 이바지되어야 한다는 점이다.

네 이웃을 네 몸과 같이 사랑하라는 가르침은 성격에서 시작됐으나, 한 알의 밀이 썩지 않으면 그대로 있고 썩어야만 많은 열매를 맺을 수 있다는 사랑의 원리를 가르쳐 주었다. 깊이 반성한다면 그 이상의 값진 인생은 있을 수 없다. 너희는 먼저 그 나라와 그 의를 구하라는 교훈 역시 마찬가지이다. 진리를 찾으며 인격의 왕국을 위해 노력한다면 여타의 모든 문제는 해결될 수 있기 때문이다.

우리가 성격의 문제를 중요하게 논하는 이유는 사랑을 통한 변화가 인격을 완성시키고, 더 큰 사회와 역사적 사명을 찾아주기 때문이다.

괴테의 〈파우스트〉, 여인에 대한 사랑

여성이란 남성에 대립되어 쓰이는 말이다. 그리고 인간성이나 인간됨이라는 개념 속에서 여성과 남성은 조화를 갖도록 되어 있다. 그럼에도 불구하고 남녀의 관계는 그 본래의 위치를 점차 상실해온 것 같다.

동양에서는 부부유별이라고 해서 남녀 관계를 상하 및 주종 관계로 취급한 과거가 있었다. 먼 옛날 대학입시 때 오륜伍倫을 물으면 부부유애라고 쓰는 학생들이 있었다. 물론 잘못된 대답이다. 그러나 젊은이들에게는 부부유별이라는 생각보다는 부부유애라는 생각이 더 적절하게 느껴지는 것이 당연하다. 부부간의 사랑은 절대적이기 때문이다.

예전에 우리 사회에는 '칠거지악'이라는 인습이 있었다. 여자가 일곱 가지 잘못을 범했을 때에는 자진해서 시댁에서 떠나야 한다는 과거의 통습이었다. 그중에는 아들을 낳지 못하는 경우도 있고, 남편이 다른 여인을 소실로 얻었다고 해서 질투를 해서는 안 된다는 조건도 포함되어 있었다.

내가 언젠가 미국 교수들에게 그런 이야기를 들려주었더니 한바탕 웃어대면서 "정말 그런 세상이 있다면 가서 기를 펴고 살았으면 좋겠다."는 농담을 했다.

나는 일찍이 미국에서도 연구 활동을 했는데 서구인들은 여성 상위 시대를 좀 더 일찍 맞이했다고 본다. 미국에서 보니, 장모님이 찾아왔을 때 남편들의 처지가 말이 아니었다. 아내와 장모의 구박을 한꺼번에 받기도 하고, 장모님이 집에 와 있다는 사실을 아는 사람들은 "너 요사이 단단히 혼났겠구나. 동정이 간다. 안됐구나."라는 말을 서로 주고받기도 한다. 시부모는 며느리의 허락을 받지 않고는 아들 집을 결코 방문하지 않는다. 어디까지나 아들 가정의 주인은 며느리라고 생각하기 때문이다.

미국에서는 이혼을 하면 남자가 망한다는 이야기가 있었다. 예전에 미국에서 내가 아는 한국 청년이 여권 연장 때문에 미국 여인과 결혼을 했다. 두 어린아이를 낳은 뒤 이혼했다. 10년이 지난 다음에도 이혼한 전 아내에게 아이 양육비를 지불하고 있었다. 그 여자는 남자 친구와 함께 살면서도 재혼은 하지 않았다. 전남편으로부터 양육비를 계속해서 받기 위해서였다. 그 남자는 뼈를 깎는 고생을 하고 있었다.

여성의 권리를 높이 인정하는 미국에서도 강렬한 여권운동이 이어졌던 시기가 있었다. 여성이 권리를 찾지 못한 인격적 부문과 사회적 부문이 오래도록 남아 있었기 때문이다. 그들에 비한다면 한국 여성들은 어떠한가. 아직도, 여전히, 몇 배나 강경한 여권 신장 투쟁을 해야 할 것이다.

1972년 미국에서 일어난 일이다. 널리 알려진 흑인 여권운동가가 지방의 조용한 대학에서 강연을 한다는 광고가 붙어 있었다. 한 친구 교수가 시간이 있으면 구경해보라는 권유를 했다. 약 800여 명이 들어갈 수 있는 강당에 100명 정도의 학생들이 모였다. 그것도 남학생이 대부분을 차지하고 있었다.

그 흑인 여성은 겉으로 보아도 투사와 같은 모습이었다. 많은 장식을 붙인 텍사스 모자를 쓰고 있었고, 카우보이와 같은 옷차림에, 두 개의 권총을 양쪽 허리 밑에 차고 있었다. 그녀는 약 한 시간에 가까운 연설을 했다. 순수한 대학생들은 웃기도 하고 박수도 보내면서 경청하고 있었다.

강연회가 끝난 뒤 한 쌍의 남녀 대학생이 나오면서 이야기를 나누고 있었다.

남학생은 말했다.

"그녀의 주장에 일리가 있어."

그러자 여학생은 대답했다.

"그렇게 살면 더 피곤하지 않을까?"

재미있는 대화였다. 남학생은 강연을 듣고 여성의 권

리에 대해 옳은 내용이었다고 인정하는데, 여학생은 좀 의아심을 품는 모양 같았다. 최근에 여성들이 여권을 위해 조용히 그리고 때로는 강경히 투쟁을 벌이고 있는데, 나도 그 시대에 집에서 아내와 대화하며 느끼곤 했었다. "당신이……."라고 말하면서 나무라면 아내는 내 주장을 시인하면서도, "여자들이……."라는 말로 내가 불평을 말하면 예외 없이 아내는 강력하게 저항한다. 여성의 권리 그 자체에 대한 주장은 자기 자신의 개인에 대한 권리 주장보다도 더 강렬한 것이었다.

재미있는 일화도 있다. 내가 잘 아는 남자 교수 한 사람은 대단한 여권 옹호론자였다. 그는 능력만 개발한다면 어떤 여성도 남성에게 뒤쳐지지 않는다는 이론을 내세웠다. 그런데 가정에서는 때때로 "왜 밖에서는 여성들을 높여 대우하면서 집에서는 나를 위해주지 않느냐?"는 불평을 아내로부터 듣는다는 얘기였다.

앞으로 미래 사회에서도 계속해서 남녀의 동등한 권리 문제에 대해 논의가 이어질 것이다. 앞으로도 여성의 우위론은 그 세력을 더해갈 것이다. 그렇게 해야 한다.

한국과 같은 사회에서 여성들이 과거나 현재와 같은 처지에 그대로 계속 놓인다면 그것은 불행과 사회악을 계속 지속시켜가는 모순일 것이기 때문이다. 모든 여성이 나의 어머니이며 내 누나이자 여동생이라고 생각한다면 이제까지와 같은 환경이 계속될 수 있었겠는가.

그렇다고 해서 투쟁만이 권리를 찾는 최선의 길이라고는 생각하지 않는다. 본래부터 인간 사회는 남성과 여성이 협조함으로써 조화를 이루어가는 데 그 본뜻이 있었다. 그리스신화를 보면, 신들은 자신들보다 못한 존재로 인간을 굳혀버리기 위해 완전한 성을 가졌던 인간을 남성과 여성으로 갈라놓았다는 이야기가 나온다. 그래서 그 잃어버린 반쪽을 찾아 헤매는 것이 인간의 현존 모습이라는 것이다.

서로 그리워하고 사랑하도록 되어 있는 것이 인간의 현실이라는 뜻이다. 이렇게 협조와 사랑으로 완전한 가정이 이루어지며 이상적인 사회가 되어야 한다면 억압은 억압대로 잘못이며, 투쟁은 투쟁대로 최선의 방법일 수는 없다는 뜻이다.

한동안 사람들은 사회생활에 있어서는 6 대 4 정도로 남성의 임무가 중요하며, 가정에서는 6 대 4 정도로 여성의 역할이 크다고 말하기도 했었다. 가정은 여성 중심으로 이루어지며 사회는 남성 중심으로 다뤄지는 것이 상식이자 이상적인 결합이라고 생각했던 것이다.

그러나 현대에는 그렇지 않은 가정과 사회 구성이 많다. 일반적으로 가정과 사회에서의 비중 비율이 상호적으로 6 대 4의 정도가 자연스럽다는 인식이 이어져왔던 것이고, 사람들의 그런 오랜 인식이 아직 완전히 사라진 것은 아니지만, 본질적으로 그것은 서로의 협력과 사랑을 필요로 한다는 이론에 가깝지 않나 하는 생각이다.

여성들 중에서도 남성을 능가하는 사회적 인물들이 있고, 남성들 중에도 여성들보다 더 여성적인 일을 할 수 있는 사람들이 있다. 그러나 긴 안목에서 역사를 보며 넓은 입장에서 사회를 살펴본다면 양자의 협력과 사랑이 언제나 필요하다는 점이다. 그런 사랑을 통해서 가정은 즐거움과 행복을 더하게 되며 사회는 조화와 발전을 거듭하게 된다.

사랑하는 부부는 권력을 위한 투쟁보다는 서로가 돕기를 원하며 직장과 사회에서도 서로가 서로를 위해 노력하는 것을 즐겁게 여긴다. 거기에 즐거움과 행복이 찾아들기 때문이다.

　만약 우리들 중에 여성보다 앞서는 남성이 되려는 남자가 있다면 쑥스러운 것과 같이, 남성은 어디까지나 남성다움의 지혜를 발휘하고 여성은 여성다움을 지혜를 지킬 수 있을 때 서로의 권리를 완전하게 지켜줄 수 있다.

　여성이 여권을 회복한다는 것은 과거로부터 이어진 사회적 인습과 제도 때문에 빼앗긴 인간의 권리를 회복하는 것이다. 여성 스스로가 상실된 여성다움을 다시 찾는 일이 바로 여권의 회복이다. 여성은 아버지가 될 수 없고, 남성은 어머니가 될 수 없다. 남성답고 여성다울 때 서로에게 선망을 받으며 존중을 받는다. 그렇게 됨으로써 만족스러운 균형 상태인 것이다.

　여성이 훌륭한 정치가가 된다고 해서 남성다워질 필요는 없다. 남성다워지라고 요구할 필요도 없다. 존경받는 여성 실업가에게 남성 같은 행세를 요구할 필요가 없다. 시인이든 화가든 여성 예술가도 더 좋은 작품을 내놓기만 하면 더 많은 남성들의 존경을 받는다.

영국 여왕은 누구보다도 여성다웠기 때문에 영국 국민의 존경과 사랑을 받았다. 나이팅게일은 그렇게 위대한 일을 했음에도 불구하고 여성 중의 여성이었다. 그래서 어쩌면 영원하고도 궁극적인 여인상으로 추앙받는지도 모른다. 가장 여성다운 여성이 가장 남성다운 남성으로부터 지극한 사랑과 아낌없는 존경을 받는다.

남성은 어떤가. 남성성을 직업화하기보다는 인간적 여유와 인격적 품위를 지닐 수 있을 때 남성다운 것이다. 여성도 마찬가지이다. 직업이 의사라고 해서 배우자와 가족을 생리적인 판단과 의학적인 처지 차원에서만 대한다면 행복한 가정을 만들기 어려울 것이다.

괴테의 〈파우스트〉는 이런 결론을 회상하게 한다. 그는 인간적 삶에 대해 궁극적인 결론을 내리면서 "여성적인 것, 그것이 우리를 구원한다."라고 했다.

우리는 큰 나무를 보며 그 나무에 달려 있는 많은 열매를 탐스럽다고 생각하는 경우가 있다. 그러나 그 나무가 어떤 뿌리에서 성장했는지는 살피려고 하지 않는다. 건전한 뿌리가 있어야 나무는 크게 자라며 또 많은 열매를 맺는다. 이것이 여성을 사랑하는 근본적인 마음이다.

나이 들면서의 사랑

일부 철학자나 심리학자들의 의견을 들어보면, 인간은 늙어서도 젊었을 때와 똑같은 본능적 욕망을 갖고 산다고 한다. 그 욕망을 어떻게 발산시킬 수 있는가 하는 데에 오직 차이가 있을 뿐이라는 것이다. 예를 들면 늙었다고 해서 성적 욕망이 사라지는 것은 아니다. 육체기능이 작용치 못하기 때문에 사라진 것같이 보일 뿐, 욕망 그 자체는 젊었을 때와 변함이 없다고 말한다. 그래서 그 욕구를 이루지를 못하는 것 때문에 마음을 쓰며 추태도 부리게 된다는 것이다.

내가 잘 아는 노인이 있었다. 사회적으로 잘 알려진 사람이었고 종교계의 지도층 인사이기도 했다. 그는 첫 부인과 사별했고, 둘째 부인과도 오래 동거하지 못하고 사별했다. 셋째 부인을 맞이하게 되었을 때였다. 마음에 맞는 부인과의 성혼이 뜻대로 되지 않아 몹시 고민하다가 우여곡절 끝에 결합하게 되었다. 그때 그 노인이 부인에게 한 말이 있었다. 그 결합의 일 때문에 10년이나 더 늙은 것 같고, 몇 번을 울었는지 모른다는 말이었다. 어느 정도 과장된 감정의 표현이기는 하겠으나 그 과정의 어려움을 아는 사람의 말을 들으면 단순한 과장만은 아니었을 것이다. 그때 그 노인은 65세를 넘기고 있었다.

어떤 사람들은 노망스러운 노인이라고 생각할 것이다. 그러나 또 다른 사람들은 정열적인 성격의 소유자라고 평할지도 모른다. 비슷한 일들이 우리 주변에 얼마든지 있다는 것만은 사실이다. 인간의 수명은 더 길어지고 있기 때문이다.

나이가 들어가는 사람들의 욕망을 어떻게 바라보면 좋을까. 내가 아는 한 친구의 모친은 여든이 넘은 나이에 귀도 어둡고 기억력도 많이 감퇴하게 됐다. 그분은 집에 여자 손님만 오면 마주 앉아 쉰 살이 넘은 며느리 험담을 털어놓았다. 평생에 외아들을 길러 며느리에게 넘겨주었다는 본능적인 분풀이였다. 그 분풀이의 본능이 죽을 때까지 계속될 것 같다는 것이 내 친구의 말이었다.

늙어가며 자제력을 상실하면서 더 본능적인 욕망이 발로될 수도 있다. 예전에 가까이 살던 할머니 한 분은 가정에서 맛있어 보이는 음식물을 손자들이 먼저 먹는 것을 보면 크게 화를 내고 울음을 터뜨리기도 했다. 온 가족이 무안함을 느끼는 때가 자주 있었다. 왜 이런 일이 일어날까.

우리들 모두가 늙어가고 있는데 어떻게 하면 좋겠는가. 인간의 본성이 노욕의 발로로 나타난다면, 늙어서도 명예욕에 집착하며 권력의 자리를 내놓기 싫어하는 일도 충분히 있을 수 있다. 종신직종이 우리 주변에 많이 있는 것을 볼 때 나는 그것도 역시 노욕의 발로가 아닐까 느낄 때가 있다.

문제는 더 가까운 데 있다. 우리들 자신을 위해 스스로 어떤 책임을 져야 하는가이다. '돼지같이 먹고 소같이 일하지만 학같이 늙어야 한다.'는 말이 그래서 생겼는지도 모른다. 그러나 잘 늙기 위해 늙음을 미리 준비하거나 기다릴 수도 없는 일이다.

그러면 바람직스러운 삶의 자세는 어떤 것인가. 가장 중요한 과제는 젊었을 때부터 욕망의 노예가 되지 않는 생활을 계속하는 것이다. 나이가 들어 늙은 후에 노욕이 발동한다는 것은 늙었기 때문에 그런 것이 아니다. 젊었을 때부터 욕망에 따른 생활을 해왔기 때문에 그 습성이 연장되어서일 것이다. 학같이 늙는다는 말도 있고, 백발이 영광이 된다는 말도 있다. 늙어서 영광을 누리지 못하는 사람이 어떻게 인생을 귀하고 성공적으로 살아왔다고 볼 수 있겠는가.

그렇다면 우리는 노욕의 창피를 벗어나기 위해서라도 일찍부터 욕심이나 본능의 노예가 되지 말아야 한다. 값진 인생을 살도록 힘써야 할 것이다. 만약 그게 가능하다면 우리는 정열과 노욕을 혼돈할 필요가 없으며, 늙은

몸속에도 깨끗한 젊음을 지니고 살 수 있을 것이다.

흐르는 물은 썩지 않으며 얼지 않는다. 우리가 젊었을 때는 계속 성장하며 일에 열중하게 된다. 그러다가 늙으면 자연히 일에서 멀어지며 한가로운 시간이 많아진다. 그 시간의 여유를 채울 수 없게 되면 사람은 누구나 본능으로 되돌아간다. 늙음은 노력하지 않는 사람에게 본능을 안겨다줄 수 있다.

그러므로 가장 중요한 일은 일하는 늙은이가 되어야 한다는 점이다. 그런데 여기에 문제가 있다. 늙으면 일터를 떠나야 하기 때문이다. 비록 일을 할 능력이 있다 하더라도 뒤따르는 젊은 세대들을 위해서 그 자리를 양보하게 되기 마련이다. 유능한 후배들을 썩히는 것도 지혜롭지 못한 노욕의 결과이기 때문이다.

그러면 이렇게 일로부터의 소외감을 어떻게 하면 좋겠는가. 적절한 시기에 공직으로부터는 물러나더라도 개인의 일을 지속하도록 해야 한다. 개인의 일이 아니더라도 후배들 뒤에서 협조하는 일이라면 더욱 귀하다. 늙으면 지위보다는 일이, 명예보다는 사회의 성장이 귀하다는 사실이 중요하다. 65세가 넘은 학자나 작가가 학문이나 작품을 위해 노력하거나 다른 취미 활동을 하는 것은 좋다. 그러나 사회적 공직이나 책임을 다할 수 없는 소위 감투를 원하는 일에는 집착할 필요는 없다. 가장 바람직스러운 것은 개인적으로 사회에 기여할 수 있는 일에 참여하는 일이다. 그렇게 일하는 노인들은 행복하며 백발이 영광스러워진다.

그렇다고 해서 간디나 슈바이처 같은 이들의 노력이나, 사도 바울 같은 정열과 사명감이 좋지 않다는 뜻이 아니다. 문제는 여든이 되었을 때의 간디가 수상이 된다든지, 늙은 슈바이처가 보건복지부 장관이 되었다든지, 사도 바울이 늙어서 교구장이 되었다면 문제는 달라질 수도 있다는 뜻이다.

옛날부터 우리는 늙은 사람을 할아버지, 할머니라고 부른다. 가족 중심의 생활을 해온 전통에서 나온 통칭일 것이다. 할아버지가 되었다는 것은 아들딸들과 손자들이 있다는 뜻이다. 그들은 자녀와 손자들을 사랑하는 데 책임이 있다.

그 뜻은 사회적으로도 크게 다를 것이 없다. 후배들과 젊은 세대를 진심으로 사랑하고 위해주는 노인들이 된다면 그들은 사회에서 동료들로부터 존경받는 노년기를 맞게 될 것이다. 참다운 사랑과 위함은 욕심을 제거해 준다. 뿐만 아니라 더 많은 것을 자녀와 손자들에게 주고 싶어 하는 것이 할아버지 할머니의 자연스러운 심정이다.

그렇다면 노년기의 사람들은 진심으로 후배와 젊은이들을 사랑하기 위해서 생각하고 판단하며 그들을 도울 수 있어야 한다. 그것이 사랑이 있는 사회의 모습이며 우리는 그 속에서 삶의 의미와 즐거움을 발견하게 된다.

내가 아는 한 교수가 있었다. 그는 같은 분야를 전공하는 아들에게 자리를 양보하기 위해 자신의 교수직을 떠난 일이 있었다. 그러나 아들이 아닌 경우에는 어떻게 했겠는가. 후배들의 강사 시간까지도 빼앗아 가지려는 선배 교수들이 그동안 없지 않았다. 그 교수가 만일 후배 교수들을 아들과 같이 대할 수 있었다면 사회적인 존경도 받았을 것이다.

사람들은 늙을수록 대인관계를 선하고 아름답게 지녀야 한다. 늙었기 때문에 양보와 사랑과 위함이 더 높아져야 한다. 인생은 경쟁이라고 한다. 그러나 나이 들면 자신의 욕심을 위한 경쟁이 아니라 사회적 이익과 성장을 위해 누가 더 값진 사랑을 하는가를 경쟁의 대상으로 생각할 수 있어야 한다.

4

철학자의
사랑
이야기

철학자 칸트와 야스퍼스가 강조한 것은
결국 인간애이다.

어떻게 하면 인간답게 살 수 있는가.

나는 이 질문을 풀어가는 길은 바로
사랑에 있다고 본다.

사랑을 이해하는 삶의 설계

하루의 계획은 아침에 세워지고, 1년 설계는 봄에 이루어지나, 일생의 설계는 젊어서 세워야 한다는 말이 있다. 우리는 낡은 한 해를 보내고, 다시 신년을 맞는다. 매년 새해를 맞으면 더불어 일생의 계획을 꾸며야 할 단계에 처한다.

어떤 사람들은 항상 새로운 계획을 세워봤자 마찬가지 결과가 될 뿐이니 특별한 계획은 세울 필요가 없다고 말한다. 그러나 그것은 잘못된 생각이다. 길을 떠나는 사람이 방향이나 목적을 생각하지 않을 수 있겠는가. 집을

짓는 사람이 손이 움직이는 대로 일하면 된다고 생각할 수 없지 않은가.

인생의 계획을 세운다는 것은 별다른 뜻이 아니다. 그 자신의 생활의 방향과 인생의 목표를 설정한다는 뜻이다. 삶의 목적이나 방향이 없이 인생의 길을 걷는 태도는 용납되기 어렵다.

사람들 중에는, 방향이나 목표가 없이 인생을 살아가는 사람들이 얼마든지 있지 않느냐고 반문할 수도 있다. 그럴 수도 있다. 그런 사람들은 두 가지 길을 택한다. 하나는 남이 가는 길을 나도 따라가면 된다는 태도이고, 다른 하나는 내 욕망과 본능이 원하는 대로 산다는 자세이다.

전자는 결국 개성이나 자존감을 상실한 남의 인생을 사는 결과가 된다. 누구나 걷는 남의 인생의 길을 따르기 때문이다. 후자는 욕망과 본능을 추종하는 일생을 살기 때문에 그저 인생은 즐겁게 살면 된다는 단순한 상념에 머물다가 향락적인 삶의 추구로 인생을 결정지어 버린다. 만일 그렇게 사는 것으로 족하다면 우리는 인생의 계획을 세우지 않아도 된다. 모두가 걷는 길이 곧 나 자신의 길이며, 돈이나 벌고 즐겁게 사는 것으로 인생의 의미를 채우는 일생으로 족하기 때문이다.

그러나 인간은 누구나 자기 자신만의 삶을 살아야 하며, 자아의 일생을 영위할 수 있어야 한다. 인간은 동물이 아니다. 동물은 종류에 따라 그 값이 정해진다. 그러므로 동물을 찾거나 사는 사람들은 "무슨 종류입니까?"라고 묻는다. 그러나 인간은 개성과 개인으로서의 가치를 갖기 때문에 종류로 구별되지 않는다.

사람에게 우리는 "그는 누구입니까?"라고 묻는다. 또는 "어떤 사람입니까?"를 묻는다. 인간의 가치와 의미는 그 개인에게 달려 있다는 증거이다.

그러므로 가치 있는 인생을 산다는 것은 자신만의 일생을 산다는 뜻이며, 그러기 위해서는 나의 일생은 나 자신의 설계에 의해서 이루어지지 않으면 안 된다.

그 첫 번째가 개성과 소질을 살리면서 살아가는 장래의 선택이다. 예술가가 된다는 것은 실업가와는 다른 인생을 산다는 뜻이다. 교육자가 된다는 것은 농사일을 하는 사람과는 다른 생애를 살아가는 결과가 된다. 인간은 모두가 그 나름대로의 일생을 살게 되며 그것은 각자의 선택의 결과이다.

만일 우리들 중에 어떤 사람들이 아무 선택이나 방향 설정도 없이 남들을 따라가며, 누구나 걷고 있는 일생을 살고 만다면, 그들은 자아를 상실하게 되며 스스로를 포기한 인생을 살지 않을 수 없다.

선택이 없이 일반적인 인생을 사는 사람들은 자연히 물질적 욕망과 육체적 만족을 채우기 위한 생애를 밟게 된다. 그들은 돈을 버는 데 일생을 바친다. 돈이 육체의 욕구를 채워주는 기본 조건이 된다.

또 그들은 될 수 있는 대로 즐겁게 살자고 생각한다. 그 이상의 목표가 나타나지 않기 때문이다. 가난은 비극의 원인이 되며, 육체적 고통은 넘어설 수 없는 불행으로 나타난다. 따져 보면 동물들과 큰 차이가 없는 생활이다.

우리가 인생의 설계를 세운다는 것은 삶의 정신적 가치와 인격적 의미를 추구한다는 뜻이다. 값진 일생을 살며 고귀한 삶을 원한다면 우리는 진실한 선택과 확실한 인생의 설계를 가져야 한다.

적지 않은 젊은이들이 이러한 인생의 선택과 설계에서 자진해서 이탈하고 있음을 자주 본다. 남들이 그렇게 사니까 나도 그렇게 살며, 모두들 그렇게 하니까 나도 그렇게 한다는 사람들을 어디에서나 만날 수 있다. 잘못된 일이며 인생을 불행하게 이끄는 큰 원인이 거기에서 비롯된다.

마흔 또는 쉰 살쯤 되었을 때 어떤 인간이 되어 무슨 일을 하며 어떤 인생을 살고 싶다는 꿈이나 이상이 없다면 무엇으로 자신의 일생을 꾸려나갈 수 있겠는가.

인생을 설계한다는 것은 나와 사회와의 관계를 결정짓는 일이다. 어렸을 때는 남을 따르는 생활을 한다. 단지 부모를 따르며 스승을 본받아 살기 때문이다. 그러다가 어른이 된다는 것은 내가 내 갈 길을 찾아가야 한다는 뜻이다. 모든 것은 내 판단에 따르며, 내가 이웃과 사회에 대해 어떤 생활을 하는가에 따라 인생이 달라진다.

사회에 대한 어떤 관심이나 책임이 없이 일생을 살 수

있다고 생각한다면 그것은 무의미한 인생을 사는 결과가 된다. 가장 가까운 사회는 가정이다. 그러므로 내 가정을 어떻게 이끌어가며 가족관계를 어떻게 운영하는가는 중요한 문제이다. 부모에게 효도를 한다는 것이 무엇이며, 자녀를 어떻게 이끌어갈 것인지, 아내와 남편의 도리가 무엇인가 하는 것도 질문해야 한다. 아무 계획도 없이 노력을 기울이지도 않고 좋은 가정을 이루어갈 수 있으리라고 생각해서는 안 된다.

우리 모두가 접하는 또 하나의 사회는 일터이다. 직업에 대한 의미를 질문해야 하며, 어떻게 하는 것이 성공적인 업무인지 생각해보아야 한다. 실패하는 사람은 왜 실패했으며, 성공한 사람들은 무엇 때문에 성공했는지 질문하지도 않으면서 인생을 성공과 영광으로 이끌어갈 수는 없다. 좋은 가정을 위한 설계가 반드시 필요하듯이 소망스러운 일터를 위한 계획과 설계도 사전에 설계되어야 한다.

최근 우리는 현대인의 모든 생활의 영역이 국가를 넘어 국제적으로 더불어 확대되어가고 있음을 잘 알고 있다. 아침에 뉴스를 들을 때에도 우리 사회의 문제를 생각하게 되며 저녁에 기사문을 읽을 때에도 사회에 대한 관심을 멀리할 수 없는 매일의 삶을 살고 있다. 따라서 우리 국가나 사회에 대한 어떤 견해와 소신이라도 가지고 있어야 내 생활을 값지게 이끌어갈 수 있다.

사회의식을 논하며, 사회나 국가 속의 자아를 묻고 생각하는 이유가 여기에 있다. 인간이 성장한다고 하는 것은 사회와 더불어 성장한다는 것이며, 삶의 의미를 찾는 것 역시 내가 하는 일이 우리 사회에서 어떤 의미를 갖는가를 묻는 일에서 비롯된다. 그렇다면 새롭고 값진 인생의 설계가 사회와 더불어 이루어진다는 사실을 가볍게 볼 수가 없다.

인생을 설계한다는 것은 어떤 생활의 신념과 그 나름대로의 인생관을 설정한다는 것이다. 인생관이라는 말은 거창하게 들릴 수도 있다. 그러나 우리는 모두가 제각기의 생활관이나 인생관을 갖고 있다. 시장에서 물건을 파는 상인도 어떻게 하면 손님들을 만족시킬 수 있는가를 생각하며, 공사장에서 일하는 근로자도 인간 관리가 얼마나 중요한지 알고 있다. 바로 그것이 우리들의 생활 의식인 것이다.

이러한 생활관이 우리들의 신념이 되면 우리는 그것을 그 사람의 인생관이라고 부른다. 믿는 바도 없고 삶의 방법도 없이 살아가는 것이야말로 오히려 이상한 일이다. 어떤 생활의 방법과 신념을 가지고 산다면 그 사람은 바로 자신의 인생관을 갖고 사는 것이다.

새해를 맞이하고 젊은 시절을 출발하면서 아무 믿는 바도 없고 생활의 방법도 없이 인생을 출발하거나 계속하기는 어려울 것이다. 대부분의 상인들은 불신이야말로 사람을 망치는 치명적인 요소라고 믿고 있다. 군의 지휘관은 부하들의 신뢰와 충성이 전승의 열쇠임을 알고 있다. 인생을 지혜롭게 산 사람들은 자신을 위해 노력한 일은 남는 바가 없으나, 타인을 위해 봉사한 일은 언제나 그 값이 남는다는 진실을 잘 알고 있다.

우리가 원하는 신념과 방도는 이런 것으로부터 시작된다. 특별한 철학이나 남다른 교훈을 찾자는 것이 아니다. 인생을 성실하게 살아가면 우리는 반드시 믿는 바를 찾을 수 있으며 삶의 지혜로운 방법을 얻는다.

가정교육의 방향도 마찬가지이다. 어떤 부모가 되기를 원하는가. 이렇게 질문하지 않는 부모가 있겠는가. 한 번도 묻지 않는다면 그것은 부모의 자격을 잃은 것이다. 그러나 그 물음을 지니게 되면 반드시 어떤 신념과 방법을 얻는다.

적지 않은 사람들이 가장 좋은 부모는 자녀들의 가장 좋은 친구가 되는 일이라고 생각하고 있다. 이러한 자신을 얻게 되면 그것이 바로 우리들의 인생관이 된다. 우리가 인생의 설계를 찾자는 것은 이러한 생활의 지혜와 인생의 신념을 얻자는 것이다.

지나치게 막연한 이야기를 늘어놓는다고 생각할지도 모른다. 그러나 이러한 원칙적인 생각이 없이는 인생의 계획을 세울 수 없다. 물론 우리는 여행을 계획할 수도 있고 독서의 절차나 분량을 설정할 수도 있다. 입학을 원할 수도 있고, 결혼이나 취직을 꿈꿀 수도 있다. 당연히 그런 일들이 있어야 한다.

그러나 우리가 문제 제기해야 하는 것은 왜 이런 일들

을 해야 하며, 이 일들이 무슨 의미를 지니고 있느냐 하는 점이다. 이러한 보다 깊은 물음이 없이 움직인다면, 그것은 남들이 하기 때문에 나도 하며, 다들 그렇게 사니까 나도 그렇게 산다는 결과가 된다.

결국 개성이 없는 인생과 향락 추구의 인생을 걷게 된다. 우리가 인생을 설계한다는 것은 내 인생을 생각하면서 살아간다는 뜻이다. 목적과 뜻이 있는 삶을 찾아간다는 말이다.

피아노를 사는 일은 누구나 할 수 있다. 그러나 피아노를 치는 사람과 방에 두고 보기만 하는 사람의 차이는 질적으로 다르다. 지금까지 우리는 남들이 피아노를 사니까 나도 사다 놓는 식의 생활을 했다. 그래서 우리들의 설계와 계획은 피아노를 사는 일이었다.

그러나 이제부터는 피아노를 치기 위해 피아노를 사며 피아노를 치는 동안에 음악과 예술을 사랑하고 이해하는 삶의 설계를 세우자는 것이다. 방향과 목적이 없는 설계는 설계라고 할 수 없기 때문이다.

인생의 계획과 설계는 언제나 새로운 평가와 더불어

이루어진다. 지금까지의 내 삶을 조용히 평가하면서 새
로운 창조적 설계에 참여하는 것이 사랑을 이해하는 삶
의 설계이다.

영원한 사랑, 소크라테스의 죽음

죽음은 누구에게나 찾아온다. 그러나 죽음을 체험해
본 사람은 없다. 죽음은 순간적인 것이다. 그러나 그 순
간 후에는 삶이 이미 끝나 있기 때문에 죽음도 사라진
뒤일 것이다. 나도 나이가 들면서는 죽음에 대한 관심을
갖는다. 아는 사람이나 신문에 발표되는 사람들의 사망
소식이 전해지면 몇 살인지를 살피기도 한다. 다가올 나
의 죽음과 견주어보는 잠재의식도 깔려 있을 것이다.

이상하게도 죽음은 관념적으로 삶과 더불어 존재한
다. 죽음이 있는 곳에는 삶이 없으나 삶이 있는 곳에는

언제나 죽음의 그림자가 드리워져 있다. 특히 죽음에 대한 상념은 건강과 직결되어 있다. 건강할 때는 죽음을 생각지 않는다. 그러나 건강이 악화되면 죽음에 대한 생각도 절박하게 느껴진다. 의사로부터 "당신은 암 말기입니다."라는 진단을 받았다고 상상해보면 누구나 죽음이 가까이 왔다는 생각을 떨쳐버리기 어려워진다.

많은 사람들은 젊고 건강한 동안에는 죽음과 상관이 없는 것같이 살아간다. 죽음은 마음의 시야 안에서는 잘 보이지 않는다. 그러다가 중년이 지나면 신체적 노화 현상이 나타나면서 성인병이 발견되기 시작한다. 그때부터는 죽음이 길손의 동반자처럼 가까이 다가온다. 그래도 그때까지는 아직 죽음의 거리는 살펴보아야 할 정도로 멀게 느껴진다.

그러다가 예순쯤 된다. 그러면 가까운 친지나 친구들이 하나둘 세상을 떠나기 시작한다. 보이지 않던 죽음의 그림자가 내 옆에 가까이 다가와 동행하는 모습을 발견하게 된다. 몇 차례 정도 선배나 동료는 물론 후배의 조문에도 참여하게 된다.

일흔 살 후반이나 여든 초반이 되면 우리나라의 평균 수명을 다 채우게 되는데 그때까지도 별일이 없었다면 사람들은 나는 건강한 편이라고 생각하게 된다. 체내에 병의 요소를 안고 사는 것같이 내가 걸어가는 뒷그림자 가 곧 삶의 종말로서의 죽음을 예고해준다.

죽음은 다른 누구의 것이 아닌 나 자신의 운명이 된 다. 그래서 사람들은 자신의 죽음과 더불어 모든 사람의 문제를 숨기지 않고 드러내 보이면서 함께 반성한다. 노 령 인구가 많은 사회에서는 오래전부터 그러했다. 우리 도 이제 그와 같은 상황에 처하고 있다.

호스피스 활동이 활발해지면서 죽음은 서로 돕고 도 움을 받아야 한다는 사회적 공감대가 확산된 지 오래되 었다. 종교 단체나 대형 병원을 중심으로 그런 운동이 시작되었는데 지금은 사회적 관심사로 여겨지고 있다. 요즘 많이 언급되고 있는 웰다잉(well-dying) 운동이다.

생각해 보면 웰다잉은 행복한 죽음은 될 수 없을지도 모른다. 죽음은 모든 행복을 종식시켜주는 것으로 믿어 지기 때문이다. 그보다는 '웰(well)'이라는 뜻과 같이 나쁘지 않은 죽음 또는 그만하면 좋은 죽음을 말하는 것일 수도 있다. 죽음이 필연적이라면 그만한 죽음은 받아들일 수 있는 것이다.

웰다잉이라는 생각 속에 전제된 첫째 조건은 무엇인가. 고통이 적거나 없는 죽음일 것이다. 죽음은 우리에게 주어진 마지막 고통이기 때문이다. 사람은 태어날 때에는 다 비슷한 고통의 소리를 지르며 태어나지만 죽을 때에는 그 고통이 천차만별의 성격을 갖는다. 내가 잘 아는 선배는 너무 심한 고통을 오래 겪었다. 옆에서 지켜보는 가족들과 친지들까지도 견디기 어려울 정도의 고통을 치르고 있었다. 그의 아들은, 우리 아버지가 무슨 죄를 지었기에 저렇게 심한 고통을 받아야 하는지 모르겠다며 괴로워했다.

내 친구 한 사람은 89세 때 갑자기 노쇠 현상이 나타나기 시작했다. 세상을 떠나기 2개월 전부터는 거동을 못 하더니 보름 정도 병원에 머물다가 촛불이 사라지듯이 숨을 거두었다. 나도 문상을 갔다. 영정 앞에는 십자가가 걸려 있고 '성도 김○○'라는 이름이 적혀 있었다.

가족들과 더불어 있다가 눈을 감았는데 밖에서는 성가대가 불러주는 찬송가 소리가 들려왔다는 한 친구의 설명이었다.

여든 중반이 넘으면 신체에는 큰 변화가 없는데 치매와 같은 정신적 질환으로 세상을 떠나는 경우도 있고, 정신적 활력과 사고는 좋은 편인데 암과 같은 불치의 병으로 신체적 종말이 먼저 찾아오는 경우도 있다. 그런데 내 친구 김 교수는 정신과 신체가 고르게 노쇠하면서 숨을 거두는 고통 외에는 신체적 고통을 호소하지 않았다는 것이다. 복 받은 죽음의 길이었다. 그렇게 보자면 웰다잉의 기본이 되는 첫째 조건은 고통이 적거나 없는 죽음을 뜻할 것이다.

생리적인 죽음, 사실로서의 죽음은 모두가 똑같다고 봐도 좋을지 모르겠다. 그러나 모든 사람의 죽음의 의미나 가치가 다 똑같은 것일까? 고통의 크고 작음이 있을 뿐 죽음이 삶의 종말이라면 그의 삶의 내용과 의미가 달랐듯이 죽음의 의미도 같을 수는 없다. 그렇다면 인간의 죽음은 동물의 죽음과 다를 바가 없기 때문이다. 그 사람의 삶이 달랐다면 삶의 한 끝인 죽음의 의미도 모두 다를 수밖에 없을 것이다. 우리는 모든 사람의 죽음을 똑같은 죽음이라고 보지 않으며 그런 생각으로 대하지도 않는다. 삶이 죽음의 한 부분이 아니라, 죽음이 삶의 지극히 작은 한순간의 끝자락일 뿐이다.

영결식에 가보면 그때마다 꼭 일러지는 식순이 있다. 그 사람의 태어남부터 죽음까지의 경력이다. 그것이 그 사람에게 주어졌던 유일하면서도 전체적인 삶과 그에 대한 평가이다. 그 안에는 두 가지가 들어 있다. '무엇을 위해 어떻게 살았는가?'와 '우리에게 무엇을 남겨주었는가?'이다. 그 내용에 따라 그의 일생이 나타나며 평가된다. 동물에게는 죽음의 의미가 없듯이 생존에 대한 평가도 없다. 인간이 동물과 다른 점이 거기에 있다.

어떤 때는 가장 불행하고 무가치한 삶으로 평가되기도 한다. 예수는 사랑했던 제자 유다에게 "그는 태어나지 않았으면 좋을 뻔했다."라는 마음 아픈 말을 남겼다. 많은 독일 사람들은 히틀러는 없었으면 좋았을 것이라고 여긴다. 프랑스의 철학자 오귀스트 콩트는 많은 프랑스인들의 자랑거리가 되는 나폴레옹이 차라리 태어나지 않았으면 좋았겠다고 평가했다.

싸움을 하다가 친구를 죽인 아들 때문에 재판정에 나간 한 어머니가 "내가 그애를 낳지 않았으면 얼마나 좋았을까?"라고 탄식하는 독백을 들은 적이 있다. 사랑하는 아들의 불행스러운 삶을 자기 책임으로 느끼는 어머니의 마음이었다. 그러나 생각해보면 그런 일들은 누구에게나 주어질 수 있는 고뇌이자 운명의 길일 수도 있다.

예수는 왜 유다가 태어나지 않았으면 좋을 뻔했다고 말했을까? 그가 자살을 선택했기 때문이기도 하다. 죽음 이전에 회개와 새로운 삶의 길을 선택하고 죄의 자백으로 개인적, 사회적 기여를 할 수도 있는데 그 가능성마저 거부해버렸기 때문이다. 자살은 선善의 가능성까지 거부하는 악을 범하는 최후의 길이다. 회개 또는 뉘우침이라는 하나의 희망까지도 스스로 끊어버리는 악의 유혹이 자살인 것이다.

그래서 예수는 인간이 올릴 수 있는 궁극적인 기도를 가르쳤다.

"우리를 유혹에 빠지지 않게 하시고 악에서 구해주소서."

인생의 길이 얼마나 험난한가를 엿보게 한다.

동양철학을 전공한 한 교수의 이야기가 생각난다. 학생들이 특강을 요청해왔을 때 '인생, 공수래공수거空手來空手去인가'라는 주제를 주었더니 학생들의 반응이 괜찮았다는 얘기였다. 옛날부터 많이 들어온 글귀이다. 빈손으로 왔기 때문에 누구나 빈손으로 가게 되어 있다는 뜻일 수 있다. 그러나 그가 무엇을 남겨주었는가라고 묻는다면 모두가 빈 그릇과 같이 간 것은 아니다. 남겨준 것은 하나도 똑같을 수가 없다.

어떤 사람이 빈손으로 가는가? 소유를 목표로 살았던 사람은 누구나 빈손으로 떠나게 되어 있다. 죽음은 모든 소유물을 놓고 가도록 돼 있기 때문이다. 어떤 사람들은 돈과 재산을 소유하는 데 생애를 바친다. 또 어떤 사람들은 권력을 소유하기 위해 온갖 노력을 쏟는다. 또 비교적 잘났다고 자인하는 이들은 명예욕의 노예가 되기도 한다. 같은 재산, 권력, 명예라고 해도 그것들이 소유와 향락의 대상이라고 믿고 사는 사람들은 빈손으로 가게 되어 있다.

그러나 소유적인 욕망을 초월한 사람은 사업체와 경제적 기여의 유산을 남긴다. 권력을 통해 정치나 사회적 업적과 봉사를 하는 사람은 권력을 소유의 대상이라고는 여기지 않는다. 명예는 찾아서 소유하는 것이 아니다. 사회적 섬김과 희생의 대가로 감사와 존경심에서 주어지는 정신적 반응이다.

만일 빈손으로 태어났으나 공허한 인생을 살지 않겠다는 뜻이 있다면 "나는 더 많은 것을 이웃과 사회에 남겨주고 열심히 살았다."라고 고백할 수 있는 삶을 선택해야 한다.

어떤 사람들은 소유욕이 모든 악의 근원이라면서 무소유의 삶을 예찬하기도 한다. 그러나 아무것도 남겨주지 못하고 빈손으로만 간다면 그것도 소망스러운 선택은 아니다. 적게 소유하고 많은 것을 남겨주는 인생이 타당한 삶이 되는 것이다.

무엇이 그 선택과 노력을 뒷받침하는가? 삶의 목적이

나의 소유가 아닌 더 많은 사람의 행복에 있다는 인간애 즉, 인간에 대한 사랑의 자각과 의무이다.

정신적 유산의 경우는 성격이 좀 다르다. 어떤 잡지에서 읽었던 글이 생각난다. 프랑스의 로맹 롤랑이 〈장 크리스토프〉 창작을 끝냈을 때 대단히 만족스러웠던 모양이다. 찾아왔던 친구가 기분이 어떠냐고 물었더니 이렇게 농담을 했다고 한다.

"이렇게 만족스럽고 사랑스러운 작품을 누구에게도 주고 싶지 않은 마음이다. 죽을 때 관에 넣어 가지고 갈까?"

만일 그렇게 했다면 그는 노벨문학상을 받지 못했을 것이다. 그리고 그의 작품과 더불어 그 자신의 삶의 가치도 사라지고 말았을 것이다.

정신적 유산의 가치는 소유의 대상이 아니다. 소유의 대상이 되어서는 안 되며 될 수도 없다. 나의 선배 한 사람은 이탈리아를 여행하고 돌아왔을 때 이런 얘기를 해주었다. 그 당시 이탈리아의 관광 수입으로 50억 달러를 이르고 있었다. 선배는 이탈리아가 거둬들이는 관광 수

입은 미켈란젤로가 베풀어주는 혜택인 것 같다고 했다. 그림만 해도 그렇다. 라파엘로의 그림은 이탈리아 국내보다도 외국에 더 많이 나가 있을 정도이다. 레오나르도 다빈치의 대표작은 프랑스에 가야 볼 수 있다. 그런데 미켈란젤로의 대표작은 교황청 시스티나 성당의 벽화그 자체이다. 벽화는 다른 곳으로 옮기지를 못한다. 그보다도 많은 수의 조각품들은 건축물과 함께 자리를 잡고 있기 때문에 이탈리아 밖으로 나간 것이 없다. 그의 유작을 보기 위해서는 이탈리아를 직접 찾아가야 하며 그 때문에 오는 관광객들이 헤아릴 수 없이 많다. 그 어떤 사업가가 그렇게 엄청나게 많은 수입을 후손들에게 물려줄 수 있겠는가.

예술의 가치는 경제와 비교될 수 없다. 그런데 미켈란젤로 자신은 생전에 소유한 것이 없었다. 예술가는 자신의 창작품을 다른 사람들에게 주기 위해서 고뇌의 촛불과 같은 자기 연소의 길을 걷고 본인은 아무것도 소유하지 못한다.

제2차 세계대전 후 1949년은 독일 괴테 탄생 200주년이었다. 전쟁 후의 독일은 그런 축전을 개최할 여유가 없었다. 모든 것이 파괴되어 있었다. 그러나 그 행사를 중지할 수가 없어서 전쟁 당시 적국이었던 미국에서 200주년 기념 축전을 열기로 했다. 화려하기보다는 뜻 깊은 세계적인 축하 행사였다. 괴테 탄생 250주년 행사는 한국에서도 개최되기도 했다. 이런 정신적 유산은 개인이나 국적을 가리지 않는다. 전쟁 기간의 정치적 장벽도 사라지게 한다. 우리가 경제적, 정치적인 지도자들보다도 학자나 예술가의 유산을 높이 평가하고 찬양하는 것은 그 개인들의 유산이 인류 전체의 소유물로 남기 때문이다. 그들도 우리와 같은 죽음을 똑같이 맞이했다. 그러나 그들의 유산은 지금도 인류의 정신적 삶의 의미와 가치를 높여준다. 개인을 통해 주어진 인류의 소유로 남겨진 것이다.

마라톤에 임하는 선수는 목표 지점에 도착하는 것이 목적이다. 그렇다면 인생의 마라톤에 도전하는 우리들의 목표도 종착점인 죽음인 것일까? 그렇지 않다. 선수가 목표를 향해 뛰는 공간적 목적은 완주인 것 같아도 그 결과로 얻어지는 우승의 영광이 더 고귀한 목적인 것이다. 인생도 그러하다. 생리적 죽음이 목표나 목적은 아니다. 그 죽음을 통해 얻는 일생에 걸친 삶의 의미와 가치가 목적인 것이다.

소크라테스는 죽음을 피해 아테네를 탈출할 수도 있었다. 그러나 자진해서 죽음의 독배를 기울였다. 죽음보다 더 귀한 삶의 의미와 가치를 위해서였다. 예수는 사형의 십자가를 예견하고 있었다. 그런데 죽음을 향해 가는 발걸음은 다른 때보다 더 빨랐다. 제자들이 놀랄 정도였다고 기록돼 있다. 빨리 가서 삶의 완결을 성취해야 한다는 절박감 같은 것을 안고 있었을 것이다. 마치 죽음이 목표와 목적인 것 같은 인상을 주기도 한다. 그러나 그 죽음 자체가 목표는 아니다. 죽음을 통해 완성해야 하는 사랑의 의미와 가치였던 것이다. 목적이 있어 죽음을 택했다고 봐야 한다. 죽음은 더 높은 사랑의 목적을 위한 하나의 과정이었던 것이다.

미국 로스앤젤레스 부근에 리버사이드시티라는 도시가 있다. 그 시청 앞 공원에는 마틴 루터 킹 목사의 동상이 있다. "나에게는 꿈이 있습니다".라는 그의 유명한 명언을 새겨놓았다. 그 뒤에는 도산 안창호 선생의 동상이 있고 끝에는 간디의 동상이 있다.

그 동상들을 보면서 나는 저 사람들은 자기 목숨과 삶보다도 더 존귀한 목적이 있어 생애와 목숨을 바친 지도자들이라는 생각을 했다. 킹 목사는 수많은 흑인들의 인권을 위해 용감하게 투쟁하다가 암살당했다. 도산 안창호 선생은 젊어서 그곳 오렌지 농장에서 일하면서 우리 민족의 독립과 자유를 위해 모든 것을 희생할 각오를 굳히고 살았다. 조국을 위해서는 자기 한 사람의 희생은 조금도 아깝지 않았던 것이다. 간디는 인도와 영국은 물론 인류 전체가 거짓과 폭력을 버리고 진실과 사랑을 위해서 살아야 한다는 믿음을 위해 자기 한 사람의 희생은 당연하다는 생각을 가졌다.

그렇다. 사람은 자기 목숨이나 삶보다도 더 소중하고 영원한 것이 있다면 죽음은 기꺼이 맞이하고 보내야 하는 하나의 과정에 지나지 않는다. 썩어서 열매를 맺는 밀알의 교훈이 바로 그런 것이다. 썩지 않으면 한 알의 밀로 남아 있다가 사라지고 만다. 그러나 썩어서 수많은 밀알로 다시 태어나는 것이다.

죽음의 의미도 그렇다. 그 뜻을 깨닫는다면 우리는 주어진 삶을 다 바치고 싶은 무엇인가를 사랑해야만 한다. 그것만이 죽음을 극복하는 참되고 영원한 삶의 길이 되는 것이다. 그런 사랑에 이르는 죽음의 뜻은 유언으로 남겨지기도 한다. 요한 바오로 2세는 "나는 행복했습니다. 여러분도 행복하십시오."라는 기원을 남겼다. 예수는 "다 이루었다."는 감사의 사랑을 전해주었다. 지극한 인간애, 인간에 대한 사랑을 목적으로 살았던 사람들의 대표적인 고백이다.

니체의 힘, 사랑의 질서

철학자 니체는 '권력 의지'가 역사의 근원이라고 솔직히 인정했던 적이 있다. 아주 먼 옛날 우리 문화와 정신적 전통의 뿌리가 되는 선조들은 몽골 지방에 살았다. 그들의 일부가 좀 더 밝고 따뜻한 곳을 찾아 태양이 떠오르는 동쪽을 향해 이동했던 것 같다. 오랜 세월을 만주 지역에 머물다가 압록강과 두만강을 건너 한반도로 찾아온 것이 우리의 선조들이었다. 그래서 그들이 지녀온 고유 명사들이 대개는 밝고 따뜻하고 평화로운 삶의 개념을 담고 있었다.

백두산, 태백산맥, 소백산맥, 한라산 등에 나타나 있는 개념들이 그렇고 국호의 신라, 백제, 고구려, 고려, 조선 등이 모두 그렇다. 건국 임금들도 동명성왕, 박혁거세(밝게 다스린다는 뜻이라고 한다) 등이 있고, 화백和白 제도도 그렇다. 옛날부터 백의민족으로 자타가 인정해온 것도 마찬가지이다. 의리와 예절을 존중하는 전통을 이어왔다. 청자의 밝고 조화로움은 물론 우리 민족의 전통적 위상을 차지하는 조선 왕조의 백자는 그 대표적인 예다. 선비 정신도 그랬는가 하면 지나친 의리감이 흑백 이론을 강화시키기도 했고 변절을 죄악시한 것도 일맥 통하는 의식 구조였을 것 같다.

오래전에 KBS한국방송공사에서 우리 민족의 이상을 재정립해보려는 의도의 프로그램을 긴 기간에 걸쳐 방영한 일이 있었다. 홍익인간, 화랑도, 천도교 사상, 3·1 운동 때의 선언문 등이 거론되었는데 결국 전국민적인 호응을 얻은 것은 '밝은 사회' '밝고 따뜻한 사회'라는 결론이었다. 이 정신은 우리 민족의 초창기부터 시작되어 오늘에 이르렀고 앞으로도 미래 사회에 찾아나가야 할 정신적 진로와 가치관이 되어도 좋겠다고 나는 생각한다. 21세기에는 밝고 따뜻한 사회를 만들어보자는 뜻과 통하는 것이다. 어떤 사람들은 의리와 정이 통하는 생활을 지향하는 길이라고 보기도 한다.

그런데 문제는 이러한 밝고 따뜻한 사회를 위한 의식 구조와 가치관을 인류와 공존하는 위치에서 어떻게 찾고 실천할지에 달려 있다. 조화가 있으면서도 발전적이며 선하고 아름다운 삶이 있으면서도 과학적인 창조력을 동반하는 사회로 진입하고 있기 때문에 더욱 소중하고도 어려운 것이다. 어떤 사회를 모방해 따라가던 시기도 있었으나 있어야 이제는 전통과 개성을 살려야 할 시대이다. 가장 한국적인 것이 가장 세계적인 것이라는 생각이 타당하다. 그러나 다른 사회에 도움을 주며 더불어 살 수 있는 가치관이 아니라면 세계 무대에서 외면당할 수도 있다. 어떻게 밝고 따뜻한 삶을 통해 모두가 인간다운 생활을 누리는 한국문화를 성장시킬 수 있을지가 핵심인 것이다.

무엇이 우리를 어둡고 병든 사회로 만들어왔는가. 국

제적 정황에서 볼 때 옛날에는 무엇이 로마를 병들고 망하게 했으며 지난 세기에는 소련과 공산주의 국가들을 불행으로 이끈 원인이 무엇이었는지를 질문하곤 했었다.

한마디로 말하면 인간적 본능, 욕망, 강자가 약자를 정복하는 가치관과 윤리 의식이 인류의 불행의 결과를 만들었던 것이다. 그것은 동물들의 본능 생활과 큰 차이가 없었다. 주먹이 강한 깡패가 선량한 시민을 괴롭히듯, 과거에는 힘의 조직을 갖춘 집단이 사회정의와 질서를 짓밟을 수 있었던 것이다. 민족주의와 제국주의가 거대한 전투력을 앞세워 인류 공존의 기틀을 파괴해왔던 것이 이를 증명한다. 힘과 본능적인 집단 의지가 바로 그 원인이 되었다.

우리는 선진 국가라고 불리던 프랑스, 독일, 영국 같은 나라를 여행하면서 그들이 얼마나 강렬한 내셔널리즘의 울타리를 지켜왔는지를 엿보아왔다. 나는 그곳들을 여행하면서 인류의 앞길이 아직도 멀다는 사실을 실감했다. 그 희생의 제물이 되었던 것이 바로 우리 민족의 비운이 아니었는가.

물론 겉으로 내세우는 것은 정의, 평등, 공존 번영의 구호들이다. 그러나 과거 강대국의 실속은 힘과 정복과 지배의 야욕이었다. 차라리 그럴 바에는 철학자 니체처럼 '권력 의지'가 역사의 근원이라고 솔직히 인정했던 편이 옳았을 것이다. 우리는 패전 이후 일본이 얼마나 위선적이고 허위적인 가면을 버리지 못하고 있는지를 목격하면서도, 우리도 저런 상황에 처하게 되지 않을까 싶은 우려에 빠지는 때도 있다. 이런 사고방식이 정글의 동물들이 약육강식의 법칙을 따르는 것같이 우리 역사를 비참으로 몰아넣어왔다. 그 결과는 어떻게 되었는가. 세계를 지배했던 로마도 역사의 무대에서 남김없이 사라졌고, 히틀러의 힘의 철학이 게르만 민족의 비극을 초래했는가 하면, 공산주의의 권력 수단이 수십억 인류에게 어두운 역사의 그림자를 드리우기도 했다. 일본 제국주의도 예외는 아니었다.

그렇다면 이런 본능적인 힘의 악을 방지하는 길은 무엇인가. 우리는 그 자체를 억제하거나 방어하면 된다는 일차적 사고에 빠지기 쉽다. 그래서 '힘은 힘으로'라는 원칙을 내세우기도 하며 힘을 배경으로 하는 법을 제정 집행함으로써 본능적 욕망과 집단 의지에 따르는 힘의 철학을 바꾸려 하기도 했다. 핵의 확산을 막아보려는 국제적 노력도 그런 예의 하나이다.

물론 그런 노력이 있어야 한다. 힘의 균형이 필요하다는 논리는 일시적이나마 인류에게 필요하다. 그렇다고 해서 개인에게서 본능적 욕망을 제거할 수는 없고, 사회에서 집단 의지를 방지할 길이 없다는 사실은 엄연히 남는다.

그러면 무엇이 필요한가. 물리적 힘의 가치와 균형 잡힌 정신적 가치를 육성하는 일이 필수적이다. 로마의 유산보다는 아테네의 정신적 유산이 더 위대했음을 사회 가치로 삼을 수 있어야 한다. 군사력을 지배할 수 있는 평화에 대한 신념이 있어야 하며, 경제력을 이끌어 갈 삶의 가치가 설정돼야 한다. 정치의 뜻도 소중하지만 정치는 수단일 뿐 값진 삶이 목적이라는 방향도 제시할 수 있어야 한다.

다시 말하면 지금 우리 역사를 불행으로 이끌고 있는 가장 큰 원인은 물리적 및 집단적 힘의 논리가 있을 뿐,

그것을 이끌어가며 조종할 수 있는 정신적 가치의 결함에 있다고 본다. 새는 균형 잡힌 두 날개가 필요하며 사람은 두 다리가 있어야 걷거나 뛸 수 있듯, 사회는 물질적 가치와 정신적 가치의 균형이 필수적이며 힘의 논리보다는 이성적 사고의 가치가 요청된다. 물질문명만이 있고 정신적 문화가 없는 사회는 그 자체가 병들어 있는 것이다.

우리는 흔히 부강한 나라, 부유한 나라라는 말을 즐겨 사용한다. 그것은 여전히 남아 있는 제국주의 시대의 사고방식이며, 한때 일본이 동양을 지배할 당시의 사고방식이 내재된 표현이다. 일본은 천황이라는 우상을 앞세우고 군사력과 경제력으로 동양 국가들을 정복 지배하고자 했다. 그런 과오를 되풀이하지 않기 위해서는 정신적 가치와 도덕적 문화가 앞서야 한다. 진정한 역사의 건설은 후자를 통해 이루어지는 것이다.

정신적 가치라는 것이 지나치게 막연하다는 생각을 해서는 안 된다. 학문과 진리를 사랑하는 사회, 예술과 정서적 순화를 성장시키는 사회를 위한 공동선을 추구해가는 노력이 병행되는 역사적 책임이 아쉽다. 선진 국가라면 정신적 가치를 선행하고 물량적 가치가 뒤따르게 해야 한다. 뿌리 깊은 나무와 같다. 불행하게도 우리는 정신적 기반이 빈약한 채로 물질적 건설에만 열중해 왔기 때문에 오늘과 같은 사회적 파행의 요소들을 내포하는 결과를 만들어왔다.

동물들은 이성적 기능이 없기 때문에 본능과 힘의 세계에서 살아야 한다. 인간은 이성적 사고와 인격적 만남과 사귐을 갖춘 삶을 영위하기 때문에 인간적 성장과 개발이 앞서야 한다. 우리는 그것을 정신 우위의 삶이라고 부르며 인간다운 삶이라고 보는 것이다.

그러나 문제는 여기에 그치지 않는다. 물질적 기능을 이끌어 갈 정신적 가치가 있어야 하지만, 우리가 궁극적으로 성취해야 할 또 하나의 가치가 있다. 그것은 넓은 의미의 인격적 가치이다. 인격적 가치는 인간관계에서 이루어지는 것이므로 나의 인격과 사회적 인간성 또는 인간다운 삶과의 공존 속에서 평가돼야 한다. 도덕적으로 선하다는 것은 개인에게 있어 가치관이 아니다. 선의 가치는 인간관계와 사회적 삶에 있어서의 과업인 것이다.

인격은 고정된 관념이 아니다. 항상 새로이 성숙되며 더 소망스러운 가치를 창조해가는 과정 중에 놓인 것이다. 개인의 인격도 그렇다. 어릴 때는 가족과 사회의 도움을 받아 자라게 되고 나이가 들면서는 다른 사람들과의 협력을 통해 자기 성장을 구축하며, 또 다른 사람들의 인간적 성장을 돕도록 돼 있다. 그러다가 성인이 되고 지도력을 갖춘 사람은 자신의 창조적인 노력을 통해 다른 사람들의 인간다운 삶을 뒷받침해주게 된다. 도움을 받으면서 자라다가 서로 돕고 위해주는 삶으로 바뀌면서 마침내는 다른 사람들에게 사랑을 주는 삶을 영위해가게 된다.

이때 어떤 생각과 삶을 갖고 이웃과 사회에 도움을 줄 수 있는지 묻고 제시해줄 수 있는 삶의 방향과 이상이 필요하다. 우리는 그런 사람을 정신적 지도자라고 부르기도 한다. 민족과 사회도 마찬가지이다. 앞으로 후진 사회는 선진 국가들을 모방해가는 동안에 성장은 하겠지만 성장한 후에는 다른 민족 사회와 협력하면서 국제 무대를 장식해나가는 역량을 갖춰야 한다. 그러다가 성숙된 선진 국가가 되면 다른 민족과 국가를 이끌어가게 된다. 옛날에는 힘의 논리가 통했기 때문에 그것을 정복 또는 지배의 원리로만 받아들였다.

그러나 21세기는 다르다. 앞으로는 이성적 사고와 공존공영의 질서가 정착돼야 하기 때문에 우리 사회가 새로운 세기를 이끌어갈 의식 구조와 가치관을 가질 수 있는지가 중요하다.

반드시 지적해야 할 것은 정치권력의 질서나, 경제나 기업의 가치보다는 인간적 삶의 가치가 제시돼야 한다는 점이다. 그것은 개인에게 있어서는 학문이 목적일 수 있고 예술가에게 있어서는 표현의 자유가 절대적일 수 있어도, 더 많은 사람이 인간답게 살기 위해서는 그것들을 포함하고도 초월할 수 있는 인격적인 사랑의 가치가 소망스럽다는 뜻을 갖게 해준다. 물량적 가치보다는 정신적 가치가 중요했듯, 정신적 가치보다는 그 이상의 인격적 가치가 있어야 한다는 뜻이다.

인격은 목적일 수는 있으나 수단이 될 수는 없다. 그

리고 인격적 가치는 삶의 내용과 추진력으로서의 가치인 것이다. 참眞을 내포하면서도 창조하며, 선善을 추구하면서도 더 높은 선을 창조해갈 수 있는 가치의 인격적 주체성을 가져야 한다. 인격이 최고의 선이라는 철학자 아리스토텔레스나 괴테의 말이 옳다면, 우리는 그 인격을 이끌어줄 수 있는 절대적 방법은 없어도 근원적인 가치 의식을 찾아 누리고 싶은 것이다.

나는 그것을 자아의 성실성과 사회적 삶에 관한 사랑의 질서라고 일단 규정해보고 싶다. 성실과 사랑을 어떤 개인이나 기성 종교의 교훈으로만 받아들이자는 것이 아니다. 개인 윤리 문제를 폭넓고 심도 있게 취급해왔던 동양의 철학 윤리와 도덕적 가치는 그 핵심이 성실성에 대한 사랑에 있었다고 본다. 우리 자신이 인격의 중심을 성실성에서 이루어지고 있다고 볼 수 있을 때 이런 사상에 깊은 공감을 느끼게 된다. 그 성실성이 경건함으로까지 승화되고 나면 우리는 더 높은 차원의 사랑 즉, 종교적 신앙의 문을 두드리기도 한다. 성실한 사람은 악마도 유혹할 수 없으며, 신도 그를 멀리할 수는 없다는 표현은 그래서 옳은 것이다.

이러한 성실함이 대인 관계로 확대되며 사회의 질서로 승화될 때 자연히 넓은 의미의 사랑의 질서로 채워지게 된다. 사랑의 질서는 언제나 두 가지 기능을 지니고 있다. 그 하나는 공존의 가능성이며 다른 하나는 완성에의 노력인 것이다. 그 공존은 민족을 초월한 인류에까지 확대될 수 있으며 완성에의 노력은 역사 즉, 세계사의 완성을 지향하는 것이다. 사랑은 민족이나 국가의 차원을 넘어 인류와 세계사의 완성을 위한 다함이 없는 노력을 뜻하는 궁극적 개념이다.

철학자 칸트가 인격의 왕국이라는 말로 표현했던 정신은 기독교와 같은 종교에서 다루는 사랑의 하늘나라와 그 뿌리의 의미를 함께한다. 철학자 야스퍼스는 성실은 인간적 가치의 핵심이라고 했다. 그 본뜻도 결국은 인류애의 전통적 가치관을 계승한 것이다.

어떻게 하면 더 많은 사람이 인간답게 살 수 있는가. 나는 이 질문을 풀어가는 길은 바로 사랑에 있다고 보는 것이다.

사랑에 대한 교육

인간이 일생을 살아가는 동안 가장 많은 관심을 쏟는 것은 이성 간의 애정 문제이다. 어떤 사랑을 갖는가에 따라 인생의 의미가 달라지며 행복의 내용에도 변화가 오게 된다. 그리고 사랑을 가르치는 문제는 학교 교육의 문제만이 아니라 가정에서도 길을 찾아나가야 하는 과제이기도 하다. 가정은 사랑의 보금자리이기 때문이다. 여기에 무엇보다도 중요한 것은 건전한 애정 윤리를 보고 배우도록 선배들이 이끌어주는 일이다.

요즘 여러 가지 형태로 나타나는 부모와 자녀들의 불

행과 고통스러운 가정생활을 본다. 부모의 불행을 목격하는 자녀들이 "나는 이다음에 결혼을 하지 않겠다."는 생각을 갖게 하는 일은 없어야 한다. 물론 사랑이라는 것이 모든 일이 뜻대로 되는 것은 아니다. 그러나 자녀들에게 불행의 원인을 만들어주어서는 안 된다. 사랑이 있는 가정은 행복하다는 기초적인 기대와 가능성을 갖도록 성장과정을 이끌어주며, 사랑아 인간의 매우 자연스러운 현상이라는 사고를 누구나 갖도록 해주는 것이 가장 중요한 어른들의 의무이다.

청소년들은 가정에서 부모의 생활을 바라보면서 그 뒤를 따른다. 사랑을 가르치는 일에 있어서 부모가 각별히 조심스러운 모범을 보여야 하는 것은 두말할 필요가 없는 일이다. 행복하게 사는 부모 슬하에서 자란 자녀들은 크게 노력하지 않아도 사랑의 좋은 점을 삶에 담아갈 수 있으나 불행한 부모 아래에서 성장한 청소년들은 그 불행의 위치에서 출발할 수밖에 없다.

나는 예전에 명문대학을 나오고 의사가 된 남편이 결혼한 지 얼마 안 된 부인을 구타했다는 소식을 접하고 놀란 적이 있다. 그 원인이 무엇인지 살펴보았더니 그 의사의 아버지가 자녀들이 보는 앞에서 부인에게 폭력을 행사하는 습관이 있었다는 것이다.

우리는 한번 손찌검을 하게 되면 그것이 쉽게 습관이 된다. 마침내 가정을 파국으로 이끄는 원인이 되기도 한다. 그와 반대도 성립된다. 선량한 가정에서 자란 한 교수가 결혼을 했다. 부인도 전통적인 교육자 집안에서 자랐다. 그런데 그 어머니는 예전부터 습관적으로 히스테릭한 정서를 가지고 남편에게 바가지를 긁고 괴롭히는 습성이 있었다. 딸은 성장하는 동안 그 모습을 계속 지켜봤을 것이다. 대학 교육까지 받고 정상적으로 결혼했지만 결혼 생활 중에 남편에게 폭언을 일삼음으로써 교양 있는 가정생활을 누릴 수 없는 상태였다. 결국 남편은 정신의학과 의사와 상의하는 고통스러운 상황에까지 이르게 됐다.

행복하고 즐거운 사랑을 나누려면, 애정 관계를 유지하려면, 그래서 건설적인 가정을 꾸며 가려면 자식을 포함한 인생의 후배들을 어떻게 이끌어줘야겠는가. 모든 일은 노력만 하면 얼마든지 좋은 방향으로 이끌어갈 수 있다. 부모는 그래서 사랑과 가정 문제에 있어서 모범을 보여줄 의무가 있는 것이다.

최근에 가장 고민이 되는 사랑에 대한 교육은 고등학교까지 시기의 문제일 것이다. 그 이후에는 성인이 되어 자신이 처한 사랑의 과제는 스스로 성장시켜갈 수 있다. 고등학교 시기까지 학생들이 구축하게 되는 사랑의 개념이 일생을 좌우할 수도 있기 때문에 애정 문제에 대한 교육적 이해를 돕자는 이야기를 나는 오랫동안 해왔다.

청소년 시절에는 지나치게 일찍 그리고 너무 깊이 남녀 간의 애정 관계에 빠지는 것은 바람직하지 않다. 그렇다고 필요 이상으로 사랑의 시기와 거리를 멀리하기만 하는 것도 자연스럽지 않다. 사랑은 인생의 필수적인 과제이기 때문에 어떻게 적절한 시기에 선하고 아름다운 방향으로 사랑에 대해 배워나가고 앞선 사람들이 그것을 이끌어주는가에 핵심이 있다. 가장 갈등과 모순이 적은 이상적인 방향과 방법을 모색해보는 것이 우리 선배들에게 주어진 책임인 것이다.

어른도 그러하듯 청소년들의 애정도 당연히 사랑의 문제이기 때문에 복합성을 갖는다. 그 하나는 신체적인 욕망이며, 그와 더불어 있는 것은 정서적인 갈망과 갈등이다. 그리고 성장하게 되면서 깨닫게 되는 인격적인 사랑인 것이다.

이 셋은 언제나 공존하고 있으나 청소년 시기에는 신체적인 욕구와 정서적인 갈망이 그 중심이 된다. 그 둘의 갈등 기간을 우리는 사춘기라고 부른다. 그 사춘기를 어떻게 지혜로이 극복할 것인지 본인 자신에게도 과제이지만 어른들에게도 큰 과제가 된다.

모든 것이 생각대로 되며 원칙대로 이루어지는 것은 아니지만 한 가지 가능성은 모색해볼 필요가 있을 것이다. 그것은 애정의 절차와 순서에 관한 것이다.

남녀공학학교를 다니거나 종교 단체 등을 통해 이성 친구들과 긍정적인 활동 경험을 많이 쌓은 청소년들은 성장하면서 배워나가는 사랑의 단계에서도 비교적 문제가 적다. 그러나 너무 지나치게 폐쇄적이고도 규제받는 남녀 관계를 경험하는 청소년들은 개방성을 상실하기 때문에 우선 우정의 단계가 필수적임을 하나씩 배워가게 하는 것이 중요하다. 이성 친구도 동성 친구를 사귀듯 남녀 간의 우정의 기간을 배우게 하는 것이다. 순수한 친구로서 사귀어보다가 정이 들면 그것이 남녀 간의 사랑으로 성장할 수도 있다는 것을 익혀야만 자연스러운 사랑의 방향으로 인생을 이어가게 된다.

그런데 처음부터 남녀 관계는 애정의 관계이며 그것이 결혼을 전제로 한 것이라는 성급한 사고가 불행한 결과를 초래할 수 있다. 물론 사랑의 교육이 우리가 바라는 대로 풀리기만 하는 것은 아니다. 어른들도 첫눈에 반했다는 얘기를 하곤 한다. 어떤 심리학자의 보고에 따르면 첫눈에 반하는 데 빠르면 8초밖에 걸리지 않는다는 걸린다는 얘기도 있다. 그러나 그것은 성숙된 남녀 관계에서 이루어지는 것이 보통이다. 평소에 이상적인 이성은 이런 인물일 것이라고 생각하고 있다가 그런 상대를 대하게 되면 짧은 시간에 호감을 느낄 수도 있을 것이다.

청소년들의 경우에는 좀 더 사귀어보고 친구로서의

우정 기간을 가지라고 권하는 것이 좋다. 좋게 보이는 점도 비판해주며 나쁘게 보이는 점도 시정해주면서 서로를 위해주는 우정 관계를 상당한 기간 갖도록 이끌어주어야 한다. 복수의 이성 친구들을 갖는다고 해도 다양한 우정인 친구들인 경우 나무랄 필요가 없다. 동성 친구를 갖는 것과 같은 성격에서 인정해주면 되는 것이다.

여러 과정을 거친 후에 한 친구와 서로 좋아하거나 사랑하는 마음을 갖는 눈치가 있다면 부모와 그 내용을 편안하게 이야기하고 도움과 협력을 나누도록 유도해야 한다. 엄마는 딸에게 "네가 좋아하는 남자 친구가 생기면 언제나 이야기해주렴. 내가 도와줄 수 있단다."라고 얘기해주면 좋다. 아버지는 아들에게 "혹시 네가 좋아하거나 너를 좋아하는 여자 친구가 생기면 언제라도 집으로 데리고 오렴. 나와 엄마가 좋은 사랑에 대한 조언을 해줄 수 있단다."라고 미리부터 예비 안내를 해주는 것이 좋다.

남녀 간의 좋은 점은 인정해주고 부족한 면은 시정하도록 바른 안목을 갖게 해주는 것이 중요하다. 자녀가 어떤 이성 친구와 서로 사랑하는 관계에 들어서더라도 학업에 지장이 없도록 하며, 서두르지 않고 서로를 도와주는 관계로 지내는 기간을 갖게 이끌어주는 것이 중요하다. 서양인들은 그 기간을 '약속된 기간'이라고 부른다. 그 시기의 청소년들도 대내외적으로 우리는 서로 좋아하는 사이라는 것을 숨기지 않는다. 자신들에게 일어날 수도 있는 삼각관계를 방지하기도 하며, 사랑이 어떤 것인지를 서서히 체험하도록 해준다. 이때 가장 주의할 것은 제3자가 없는 단둘만의 은밀한 접촉은 가능한 삼가도록 지도하는 일이다. 물론 완전히 금지할 수는 없다. 가능하다면 공개적으로 만나는 기회를 많이 만들어주는 것이 좋다. 미국인들이 남녀 친구가 둘이 있을 때는 꼭 문을 열어 공개성을 갖도록 지도하여 아들에게는 남성으로서의 책임감을, 딸들에게는 숙녀다운 예절 교육을 해왔던 것과 마찬가지로 남녀 간의 사랑도 예절의 한 범주임을 먼저 알게 하는 것이 핵심이다.

요즘은 남학생 여학생 모두 성경험의 걱정스러움에서 예외가 될 수 없다. 둘만의 밀회를 바라다가 성경험을 하게 되고, 성행위만을 사랑으로 착각하는 경우도 자주 있다. 이런 사랑의 기억은 고통과 피해를 주게 된다. 20대가 되면 스스로 판단할 수 있으나 10대가 가장 위험한 시기이다. 필연적으로 청소년 미혼모 등의 불행함과 어려움을 만들기도 하며 이런 경험이 먼 훗날 결혼 생활 불행하게 만드는 경험을 하기도 한다. 인격적 책임 이전의 사랑과 성관계에서 비롯되는 결과이다. 남녀 애정은 곧 성관계와 합치되는 것으로 우리 어른들조차 착각하기 때문이다.

사랑의 인격적 책임을 지게 된다면 그 뒤부터는 본인들의 판단과 선택에 따를 수밖에는 다른 길이 없다. 책임이 있다면 자신들과 사회적인 규범에서 평가되어야 한다. 소망스러운 것은 성관계는 인격적으로 사랑의 책임을 질 수 있을 때부터 그 의미를 확보할 수 있다는 것을 배우는 것이 중요하다.

예전에 나는 여대 강연 중에 질문을 받은 적이 있다. 2학년 학생의 질문이었다.

"우리 학교 학생처장께서는 남성을 믿어서는 안 되며,

강도나 사기꾼처럼 대하도록 하고, 결혼 후에도 감시를 소홀히 해서는 안 되며, 결혼 전에는 절대로 가까이해서는 안 된다고 자주 말씀하십니다. 남성들을 대하는 것이 두려워집니다."

나는 웃으면서 답했다.

"그 교수님 남편이 좋은 분이 아닌 모양이군요. 존경받는 남성들이 얼마나 많은데."

학생처장은 어린 여학생들에게 그렇게 경고해두면 사랑의 피해가 적을 것으로 믿었던 모양이다. 그런 남성들도 세상에 적지 않은 것이 사실이다. 그러나 서로 믿고 위해주는 남녀들도 얼마나 많은가. 이 사실을 망각하게 해서는 안 된다.

우리가 사랑을 교육하는 문제에 깊은 관심을 갖는 것은 누구나 다 겪어야 하는 성장 과정에서 지혜로운 선택과 행복한 삶을 이끌어갈 수 있도록 도울 책임이 있기 때문이다. 이런 문제는 덮어 둘 수도 없고, 너무 많은 관심을 쏟아 예기치 못한 손실을 가져와도 안 되는 것이다.

사랑을 교육하는 정해진 규범도 없으며, 청소년들을

위한 공식적인 권고 사항들이 주어지는 것도 아니다. 부모나 교사 스스로가 성교육의 본질을 깨닫는 노력이 중요하다. 사춘기는 누구도 피해 갈 수 없고, 청소년들이 그 이후에 행복한 생활의 질서를 구축하게 해줘야 하기 때문이다. 사회 변화와 청소년들의 성장 속도에 비하면 우리 교육자들의 연구와 노력이 뒤떨어지고 있는 것은 명백한 사실이다.

사랑의 다른 이름

100년이 넘는 내 삶은 사랑이 있어 행복한 시간이었다. 그러고 보면 나는 사랑에 대해 늘 강조해왔다. 누가 질문하지 않아도 언제나 사랑에 대해 이야기하고 있었던 것 같다. 그 사랑이 과연 무엇인지에 대한 나의 이 이야기는 어쩌면 사랑에 대한 나의 본질적인 생각일지도 모르겠다. 나는 젊은이들에게 많은 인터뷰와 강연을 해왔다. 대체로 젊은이들이 나에게 질문하면 나는 묻는 내용에 대해 답을 한다. 그러고 나면 왠지 허전한 마음도 들곤 한다. 이렇게 쭉 살펴보니, 이번 사랑수업의 이야기에는 지금까지와 달리 그 어떤 원고보다도 나 자신에 대한 이야기를 많이 담게 됐다.

옛날부터 이런 얘기가 있다. 여러 동물이 있는데 네 발로 걷다가 두 발 걷다가 세 발로 걷다가 끝나는 동물은 어떤 동물인가? 사람이 어렸을 때는 기어 다니니까 네 발로 걷고, 서서 걷다가 마지막에는 지팡이 짚고 걷는다는 뜻의 얘기인데 우리 사람들이 사는 것을 가만히 살펴보면 아주 어렸을 때는 사랑을 받기만 하고 산다. 아마 초등학교 졸업할 때쯤까지는 사랑을 받기만 하며 사는 기간일 것이다. 사랑뿐만 아니라 보호도 받아야 한다. 그러다가 조금씩 철이 들게 되고 자신의 인생을 자신이 조금씩 자각하고 느끼게 되면서는 사랑을 받기만 하는 것이 아니라 주고받게 된다. 그렇게 사랑을 주고받으며 사는 기간이 상당히 오랜 시간 소요된다. 쭉, 오래, 그러다가 그다음에 아주 늙어버리면 사랑을 줄 사람은 별로 남지 않게 되고 다시금 사랑을 받다가 삶이 끝나게 된다.

그러니까 우리에게 가장 중요한 것은 맨 처음 받는 사

랑이다. 어떤 사랑을 받았느냐에 따라 일생을 주고받는 사랑의 내용이 달라질 수도 있기 때문이다. 사람들이 사랑하며 살게 되는 성인이 된 후의 대부분의 시간을 심리학적으로 살펴보면, 근본적으로 어린 시절에 어떤 사랑을 받았는지에 의해 결정되는 요소가 많다. 즉, 사람은 부모의 풍부한 사랑을 받은 뿌리를 바탕으로 남녀 간의 사랑도 정상적으로 주고받게 된다.

아버지 어머니의 갈등이 심하다든지, 가족이 늘 싸운다든지, 그런 환경에서 성장하는 사람들은 이성에 대한 불안함이나 공포의 심리를 갖기도 하고, 사춘기에 이르러서도 이성 친구와 정상적인 성장의 단계를 갖기 어렵다.

남자들은 어머니의 성격에 영향을 많이 받는다. 어머니 때문에 아버지가 고생 많다는 인식을 갖게 되면 여성에 대한 불안감, 공포의 감정이 잠재적으로 내재되어 사랑을 주고받는 데 지장이 오기도 한다. 여자들은 아버지의 성향에 영향을 받기도 한다. 아버지 때문에 가족이 고통받았다고 여기게 되면 아름답고 조화로운 사랑의 감정을 이루기 힘든 경우가 있다. 사랑받는 가정에서 성장한 사람들의 인간관계나 애정 관계가 견고하게 형성되는 이유이기도 하다.

사랑을 주고받는 기간은 얼마나 오래 계속되는가? 대체로 젊은 인생의 초창기에는 행복이 무엇이냐 물어보면 받는 사랑을 통해서 즐거움을 느끼는 것이 행복이라고 느끼는 경우가 많다. 친구를 사귀는 것, 세뱃돈을 받는 것, 여자 친구나 남자 친구, 중고등학교에 다니면서 또래 친구들과 보내는 시간 등의 즐거움을 행복으로 느낀다. 요컨대, 즐거움을 나누는 사랑 속에서 행복을 느끼는 것이다.

그렇게 자라나다가 서른 살쯤 넘게 되면 대체로 직업을 가지고 사회생활을 하게 된다. 이때에 행복이 무엇이냐고 물어보면 성공했느냐, 성공하지 못했느냐의 개념과 연결되는 경우가 많다. 뜻대로 성취되면 행복하고 성취되지 못하면 실패감을 느낀다. 그때는 동전의 양면이다. 이쪽은 행복이고 이쪽은 성공이라는 식이다. 그런 기간이 쭉 오래 이어지다가 사회생활이 오래되고 예순 살쯤을 넘게 된다. 그때는 행복이 무엇이냐고 묻게 되면 사회와의 소통이 관건이 된다. 존경을 받거나 또는 비난을 받거나, 사는 것의 의미가 결부된다. 이 시기에는 사회적인 사랑의 교류가 행복의 잣대가 된다.

　물론 인생의 마지막 단계에는 모든 면에서 도움을 받게 된다. 제일 중요한 것은 우리가 사랑을 해서 행복을 받는다는 삶의 본질이다. 아주 어렸을 때와 아주 늙어서의 이 두 시기는 자신의 마음대로 되는 것이 아니기 때문에 이 두 시기의 사랑은 내 마음대로 결정되는 것이 아니니 양보하더라도, 그 외의 인생의 모든 시기의 사랑의 단계는 우리 자신이 정하고 실행할 수 있다. 앞서 말한 그 처음 단계에서 행복은 말 그대로 즐기는 것이다. 즐거움이다. 그때 우리는 사람의 즐거움을 찾는다. 그때의 행복의 조건은 두 가지인 것 같다. 하나는 이성을 향한 사랑을 통해 행복이 오느냐 아니냐 즉, 이성 간의 문제일 것이다. 그다음은 우정이다. 학창 시절은 특히 우정이 중요하다. 어떤 우정을 가졌느냐를 통해 행복이 온다. 칭찬을 받고 박수를 보내는 것도 하나의 즐거움이다. 그 기간을 어떻게 보내는지가 젊은 시기의 행복을 결정하며, 결국은 그것이 우리 삶의 사랑의 조건이 된다.

그다음으로는 성공이 행복이다. 그렇다면 무엇을 어떻게 사랑하는 것이 성공인지를 질문해야 한다. 예컨대 돈을 많이 버는 것, 지위가 높아져서 성취하는 것, 권력을 가져서 성취하는 것 등도 있을 것이다. 무엇을 어떻게 사랑했기 때문에 성공과 행복이 갖게 되느냐가 관건이 된다.

행복을 생각하면 즐거움을 직관적으로 떠올리게 된다. 대체로 행복에 대한 이 직관은 인간관계에 의해 결정된다. 따라서 성공의 시기에 가장 중요한 사랑은 어떤 인간관계를 가지느냐에 달려 있다. 여기에는 남녀 간의 인간관계, 애정 관계도 포함된다. 우정도 마찬가지이다. 살다 보면 직업을 가지고 생활할 때 어떤 인간관을 어떻게 가지느냐가 사랑의 문제로 직결된다는 것을 발견할 수 있다. 그리고 생애 마지막에 나이가 들게 되면 '나는 누구를 사랑한다.'는 명제가 남게 된다.

사랑을 어떻게 받는가. 결국 그 문제일 것이다. 그렇게 보면 결국 인간은 무엇을, 누구를, 어떻게 사랑해왔는가, 또 어떤 사랑을 주고받아서 내가 성장했는가를 질문한다. 다시 말해 행복의 내용은 한 사람이 무엇을 위해 어떤 사랑을 했는지에 대한 내용과 같은 말이다. 누구를, 또 무엇을 어떻게 사랑하는지가 핵심이다. 예를 들어 돈을 많이 벌지는 못했지만 애국심을 가졌다든지, 출세는 못했지만 예술가가 됐다든지. 이 모든 경우가 결국 무엇을 사랑했는가의 질문에 대한 답이 되는 셈이다.

그래서 사랑은 행복의 다른 말인 것이다. 이 둘은 언제나 한 가지로 오게 된다. 그 가운데 배경이 되는 것이 인간관계요, '나는 이렇게 살았다.'라든지, '내 인생이 바로 여기에 있었다.'라든지 같은 우리가 찾고자 하는 방향성이 바로 사랑의 길인 것이다. 자신의 인생과 행복은 무엇을 위해 어떻게 살았는지를 통해 증명되는데, 100명의 사람이 100가지 인생을 살아보면 공통점으로 발견되는 점이 바로 그것이다. 바로 내가 나 자신의 인생을 바꿀 수 있으며 그것이 행복의 추구요, 사랑의 다른 이름이라는 점이다. 종교와 윤리는 이 모든 단계가 완수된 높은 인격의 사람들에게 주어지는 그다음의 문제들이다.

사랑과 행복은 공존한다. 사랑의 내용에 따라서 행복

의 내용, 지수, 방향, 성격도 달라지지 않겠는가. 그것을 깨달은 다음에 오늘 한 가지 물어본다면, "내 인생이 이렇게 바뀌었다."라고 말하게 되는 것이 사랑의 결과인 것이다.

당신에게 제일 좋은 것은 무엇인가. 누구나 가지고 있는, 재미있는, 한번은 알아야 할 문제가 바로 사랑이다. 그것을 삶에서 꺼내주었느냐, 못 꺼내주었느냐의 문제가 남는다. 어렵고 추상적인 장편소설이나 너무 크고 두꺼운 책, 또는 논리적이고 이론적이기만 한 책보다는 담백한 수필 같은 문학에 독자들이 매료되는 것도 우리 인생의 이치와 비슷하다. 장편의 글을 쓰려면 아주 오랜 시간이 걸린다. 그러나 간단한 수필은 짤막짤막하게 묶어서 꺼내놓을 수 있다. 우리 모두가 나 자신이 사는 인생의 저자라고 생각한다면 과연 어떤 방향이 좋을까. 사랑을 행복으로 묶어내는 일도 그렇다. 사랑은 있는 그대로의 나 자신을 담백하게 꺼내놓는 일과 어쩌면 비슷한 과정인지도 모른다.

사랑의 본질

한때 연애지상주의가 한참 유행하던 시절이 있었다. 사랑이 깨지고 나면 자살하는 젊은이들이 많았다. 독일이나 일본 문학 작가들의 영향도 컸다. 몇몇 작가들의 작품을 나도 여럿 탐독했다. 그런데 연애지상주의 시절에 젊은이들은 사랑이 깨지면 왜 자살을 해버렸을까? 죽은 연애지상주의자의 무덤 앞에 놓인 장미꽃을 보면서 나는 '사랑은 하나의 예술품'이라는 생각을 했다. 사랑에 무슨 잘못이 있겠는가. 사랑은 아름다운 것이지만 잘못은 없다.

한 가지 생각해볼 것이 있다. 사랑의 다양성만큼 인생의 다양성도 나타난다는 점이다. 나도 그동안 여러 수필을 통해 사랑에 대한 이야기를 논했다. 연인 간의 사랑에 관한 이야기도 있었는데, 요즘 젊은 청년들은 경제적인 이유 때문에 또는 개인주의적 성향 때문에 연애나 결혼을 아예 포기하게 되는 경우가 많다. 그런 현실적인 어려움 때문에 사랑과 이성 간의 관계를 아예 포기하는 젊은이들에게 해야 할 이야기가 새롭게 생성되는 시대인 것이다.

나는 그동안 이기주의자는 평생 사랑을 모르고 산다고 가르쳤다. 이기주의자들은 마음을 닫고 살기 때문이다. 당연히 사랑을 모르고 산다. 그런데 그런 사람들에겐 사랑이 아예 없는 것일까? 이기주의자에게도 사랑이 있긴 있다. 다만 그들에게 사랑이란 자기 혼자 차지하는 대상이다. 내가 만족하고 내가 기쁘면 됐지 다른 사람을 생각하지 않을 뿐이다. 결혼해서 실패하기도 하고, 직장에서 벗을 얻지 못하기도 하며, 나이 들어서는 고독해지기도 한다.

그런데 이기주의자들은 사랑이 있기는 해도 사랑을 알지는 못한다. 사랑을 모르는 사람은 인간다운 삶을 갖기 어렵다. 이기주의자들이 그렇다. 이기주의자는 사랑을 모른다. 그런데 요즈음의 문제는 그런 이기주의와 개인주의를 구별하지 못한다는 것이다. 서구 사회의 서양인들이 이에 대한 판단은 앞서고 빨랐다. 이기주의와 개인주의는 다르다. 쉽게 구별하자면 이기주의는 마음을 닫고 사는 것이다. 받기만 하는 사람이 이기주의자이다.

　주어야만 행복한 사람은 이와 다르다. 개인주의는 열려 있는 것이다. 내가 먼저 준 다음에 상대로부터 받는 것, 내가 먼저 베풀 줄 아는 것. 그러니까 서구 사회의 시민문화가 선진화되어 발달됐던 것은 이기주의가 아니라 개인주의를 통해서였다. 사회 속에서 나 자신을 찾는 것이 개인주의이다. 그런데 우리는 사회 속에서 나를 찾는 것이 아니라, 사회가 나를 위해서 존재하는 것이라고 생각할 때가 많다. 요즘 사회에서 이런저런 조건도 갖춰야 하고, 부모 세대가 살아오는 것을 보니 결혼은 하지 않는 것이 좋겠다는 결론에 이르는 것이다. 이렇게 되면 나 자신을 우선시하는 결론에 이른 것 같지만 실제로는 나이가 들수록 오히려 자기 자신을 잃어버리게 된다. 왜 그럴까?

어렵더라도 나를 희생시키는 것이 사랑이기 때문이다. 오직 그 사랑만이 풍요로움을 가져온다. 재산을 많이 못 가진 사람은 가난하고 어렵지만, 행복한 가정 속에서 살아보는 것을 소유하는 것은 차원이 다른 풍요로움이다. 기독교나 불교에서 종교인들에게 대체로 요구되는 핵심은 어쩌면 대단히 간단한 것이다. 종교인만큼이라도 최소한 행복한 가정을 가져서, 불교를 믿는 집의 아들딸들과 교회에 나가는 집의 아들딸들이 가정을 갖는 사랑을 깨달았다는 선례를 보이게 하는 것이다.

이렇게 이기주의가 행복을 주지 못한다면 어떻게 해야 할까?

첫째, 마음의 문을 열어야 한다. 마음의 문을 닫고 사는 이기주의자는 사랑을 모르기 때문에 사랑을 가질 수는 있어도 행복을 가질 수는 없다. 그 불행에서 벗어나야겠다는 생각이 있어야 한다.

두 번째는, 인생은 용기 있는 사람에게 사랑을 준다는 점이다. 희망이 있는 사람을 위해서 행복도 있고 사랑도 존재하는 것이다. 조건을 갖추지 못했다는 이유로 용기와 희망을 스스로 포기하는 사람은 결국 사회 속에서도 자기 자신을 찾기 어렵다. 예컨대, 정말 좋은 예술가가 되기 위해서 또는 위대한 학자가 되기 위해서 결혼을 안 했다고 하면 이해할 수 있다. 그런데 힘들어서 고생하기 싫으니까 결혼을 포기하고 안 하겠다고 하면 그것은 사랑을 포기하는 행위이다. 사랑을 포기하는 것은 인생을 포기하는 것과 같다. 자기 자신이 지혜로운 것 같지만 그 포기가 불행을 자초하는 일일이 될 수도 있다. 자연 질서에 대한 윤리의식과도 연결된다. 윤리의식이란 무엇이 선이고 무엇이 악인가 판단하는 인간의 기본적인 사유 과정이다. 자연 질서를 거부하는 사유는 선에 이를 수 없다. 인간은 자연적 질서를 받아들일 때 사랑의 본질에 닿을 수 있기 때문이다.

그 자연의 질서 가운데 가장 핵심이 되는 것이 인간의 남녀 간 사랑이다. 남녀가 사랑하여 함께 사는 것은 어린아이들이 동무들과 뛰노는 소리만 들어봐도 그 본질을 알 수 있다. 우리는 어릴 때 동무와 놀이터에서 헤어지면서 "내일 또 보자! 내일 또 만나!"라고 말했다. 이것이 사랑의 본질이다.

사람들은 사랑의 본질이 무엇인지 나에게 자주 질문한다. 나는 답한다. 사랑의 본질은 공존하는 것이다. 말 그대로, 함께 사는 것이다. 세상에서 제일 어려운 것이 무엇이냐고도 사람들은 내게 자주 묻는다. 나는 답한다. 사랑하는 사람과의 이별이다. 죽음이다. 그 이별이 공존을 깨뜨리는 인생의 마지막 단계이기 때문에 가장 어려운 것이다. 함께 살려고 하는 운명이 사랑이다.

그 운명에 이르고 나면 우리는 사랑하는 사람을 완전하게 키워주고, 그 사람이 나를 또 완전하게 키워주게 된다. 서로의 인격을 성장시켜주는 것이다. 내가 이렇게 말하는데도 사랑을 거부한다면 그것은 잘못이다.

나는 많은 사람들을 관찰해왔다. 내 후배 가운데 부인이 병든 친구가 있었다. 많은 지인들이 걱정을 했는데, 그 병든 부인이 남편이 어디 나가면 고독하고 외로우니

밖에 나가지를 못하게 했다. 남편이 일도 못하고 부인 옆에만 머물러야 했다. 참으로 안타까웠다. 음식도 남편에게만 만들어달라고 요구했는데, 병중에 있다 보니 만들어주면 맛이 없다고 탓이었다. 남편은 정상적인 사회생활을 할 수 없었다. 사람들을 만나기만 하면 빨리 집으로 돌아가야만 했기 때문이다. 사회적으로 유능한 사람인데 점점 자기 인생을 잃어버리고 있었다. 오랜 병중의 아내에게 외출을 보고할 때면 특히 어려움이 있었다. 오후에 강연회를 다녀온다고 얘기하면서 끝나고 돌아오면 몇 시쯤 되겠다며 늦게 올지 모르겠다고 걱정을 하면, 그때 아내는 걱정하지 말고 다녀오라고 말해주는 것이 옳았을 것이다. 그러나 그렇지 못했기 때문에 남편은 성장의 기회를 놓치고 있었다.

남편이 고된 업무를 걱정 없이 모두 마치고 귀가할 수 있게 하면 남편은 '아, 아내가 나를 정말 사랑했구나!'라고 비로소 깨닫게 된다. 그러나 그 아내의 두 눈은 남편을 사랑하는 것이 아니라 자기 자신만을 사랑하고 있었기 때문에 그것이 안타까웠던 것이다.

사랑은 내 인격을 사랑하지만 내 삶의 대상은 상대방을 향하게 해야 한다. 내 인격은 내가 사랑해주고 귀하게 여기는 것이 맞다. 그러나 내가 하는 일은 나를 위해 있는 것이 아니라, 상대방을 위해서 존재한다는 점이 핵심이다. 더 많은 사람에게 베풀어주기 위해서이다. 우리 모두가 그렇게 생각을 전환해야 한다. 그러나 요즘 사회 분위기나 여건 속에서 그런 생각의 전환이란 쉽지 않은 일이다.

100세 철학자의 사랑수업

초판 1쇄 인쇄 2024년 8월 28일
초판 1쇄 발행 2024년 9월 20일

지은이 김형석
펴낸이 정중모
펴낸곳 도서출판 열림원

출판등록 1980년 5월 19일(제406-2000-000204호)
주소 경기도 파주시 회동길 152
전화 031-955-0700
팩스 031-955-0661   **페이스북** /yolimwon
홈페이지 www.yolimwon.com   **트위터** @yolimwon
이메일 editor@yolimwon.com   **인스타그램** @yolimwon

기획실 정재우
책임편집 서경진   **온라인사업** 서명희
편집 김은혜   **제작** 윤준수
디자인 강희철   **영업 관리** 고은정
마케팅 홍보 김선규 고다희   **회계** 홍수진

ⓒ 김형석, 2024

ISBN 979-11-7040-281-7 03810